NO MÁS MOSTRADOR

Mariano José de Larra

Hic vivimus ambitiosa paupertate
Juv. Sat. V
Pobres y vanos: éste es nuestro carácter

PERSONAS

DON DEOGRACIAS, comerciante
DOÑA BIBIANA, su mujer
JULIA, su hija
BERNARDO, su amante
EL CONDE DEL VERDE SAÚCO
SIMÓN, su ayuda de cámara
SEÑOR BORDERÓ, sastre
FRANCISCO, criado
PASCASIO, jardinero
UN JOCQUEY del conde.

La escena es en Madrid en casa de don Deogracias.

ACTO PRIMERO

El teatro representa la trastienda de un gran almacén; en el fondo habrá una puerta que conduce al almacén; a la izquierda una puerta que da salida a la calle, y otra que figura dar a un jardín; a la derecha dos puertas, una que conduce a las habitaciones interiores, y la otra al cuarto de don Deogracias. Muebles de moda.

[En escena están Don Deogracias y Doña Bibiana]

DEOGRACIAS: Pero, mujer, ¿es posible que hayas perdido el juicio hasta el punto de querer hacer la señora? Tú, hija de una honrada corchetera, que en toda su vida no supo salir de los portales de Santa Cruz con su puesto de botones de hueso y abanicos de novia... Tu abuelo, un pobre cordonero de la calle de las Urosas, que, gracias a tu boda conmigo, concluyó sus días en una cama de tres colchones con colcha de cotonía...

BIBIANA: ¿Y qué tenemos con esa relación tan larga de mi padre, y de mi abuelo, y de mí?... Vaya que es gracioso. Sí señor, quiero dejar el comercio; sabe Dios lo que la suerte me reserva todavía: verdad es que mi madre vendía botones; pero por eso mismo no los quiero vender yo... sobre todo, si yo conozco mi genio... Y, vamos a ver, dime: ¿qué era la marquesa del Encantillo, que anda desempedrando esas calles de Dios en un magnífico landó?. A ver si su abuelo no era un pobre valenciano, que vino vendiendo estera, y se ponía, por más señas, en un portal de la calle de las Recogidas, hecho un pordiosero, que era lo que había que ver. En fin, fuera cuestiones, Deogracias; te lo he dicho, no quiero más comercio. Llevo ya veinticuatro años de medir sedas, de estirar la cotanza para escatimar un dedo de tela a los parroquianos, y de poner la cortina a la puerta para que no se vean las macas de las piezas... ¿qué sé yo?... ¡Maldito mostrador; basta, basta, no más mostrador!

DEOGRACIAS: Pero, mujer, ven acá. ¿No es el comercio, que tanto maldices, el mismo que nos ha puesto en estado de hacer los señores, y de gastar, y de...?

BIBIANA: Tanto más motivo para dejarlo, y para descansar y disfrutar lo que hemos ganado. Cada vez que me acuerdo del baile de la otra noche, adonde fuí con nuestra hija Julia, y de cómo tiene puesta la casa doña Amelia... ¡Vaya...! Deogracias, desengáñate, mientras yo no tenga mi magnífica casa, y esté en un soberbio taburete recibiendo la gente del gran tono, y dando disposiciones para las arañas, y los quinqués, y la mesa de juego, y las alfombras, y el ambigú, y no entren mis lacayos abriendo la mampara, y anunciando: «El conde tal.... el vizconde cual...» y mientras no tenga palco en la ópera y un jocquey que me acompañe al Prado por las mañanas en invierno, con mi chal en el brazo, y mi sombrilla en la mano... desengáñate, me verás aburrida morirme de tedio...

DEOGRACIAS: Valiente papel haré yo en tu magnífico salón, allí revuelto con los condes y marqueses... Yo que nunca he salido, como quien dice, de los portales de Guadalajara. Vamos, créeme, Bibiana...

BIBIANA: ¡Bibiana! ¡Dios mío! ¡Qué marido tan ordinario! ¿No te he dicho ya cien mil veces que no quiero que me vuelvas a llamar Bibiana? ¿Dónde has visto tú una mujer del gran tono que se llame Bibiana? Concha me llamo y me quiero llamar; y señora doña Concha seré hasta que me muera; y me llamarán, sí señor, que para eso tengo dinero, y «¿cómo está usted, Conchita? Conchita, ¡qué mona es usted!».

DEOGRACIAS: Mira, mujer. Bibiana Cartucho eras cuando me enamoré de ti, por mi mala estrella; con Bibiana Cartucho me casé, que ojalá fuera mentira, para purgar sin duda mis pecados en este mundo, y para mí Bibiana Cartucho has sido, eres y serás hasta que me muera; y si te mueres tú antes, en tu lápida he de poner: «Aquí yace Bibiana Cartucho» y nada más
.

BIBIANA: ¡Ay Dios mío, qué vergüenza! ¡Hasta después de mi muerte! Pues bien, rencoroso, en hora buena: quédate en tus portales de Guadalajara, hecho un criado de todo el que te venga a pedir una cuarta de bayeta... Haz lo que quieras, ya que eres un pobre hombre, y no quieres brillar y darte tono: así como así, no son los maridos en lo que más reparan las gentes; pero tienes hijos, y no me parece que será cosa de sacrificarlos a tu capricho; creo que no harás ánimo de que sean también horteras».

DEOGRACIAS: Sí por cierto. Teodoro, que va a cumplir catorce años, saldrá de la escuela Pía en cuanto tenga más formada su letra y sepa decir alguna cosa en latín, no para ver de ponerle los cordones, como tú crees, sino para reemplazarme en el almacén. No ceñirá espada; pero sin eso podrá ser un buen español; no tendrá, a imitación mía, más insignia que la vara de medir; pero ¿quién duda que podrá servir con ella a Dios y al Rey tan bien como cualquier otro? Además de que no le faltan al Rey jóvenes nobles y bien dispuestos, que han nacido para defenderle, y que saben sostener el brillo de su casaca, el honor de sus antepasados y los derechos de su soberano.

BIBIANA: ¿Es posible? Bien; pero en cuanto a mi hija Julia... ya está en edad de poderse casar... Una joven de mérito, que la he criado yo misma, que canta, que baila, que toca... Es verdad que no sabe fregar, ni barrer, ni coser ninguna cosa; pero para ser elegante tampoco lo necesita.

DEOGRACIAS: Sí, Julia se casará; ya hace tiempo que tengo tratada su boda; y si no lo sabes ya, tú tienes la culpa. Tus eternos deseos de casarla con un personaje me han obligado a ocultártelo; pienso casarla con Bernardo, el hijo de mi amigo Benedicto, comerciante de tapices de Barcelona.

BIBIANA: ¿Yo, suegra de un tapicero?

DEOGRACIAS: De un tapicero; ¿y por qué no? ¡Cuánto mejor es un tapicero que puede contar con mil reales de renta al año y probidad, que un elegante jugador, un marqués plagado de trampas, un militar sin juicio, un abogado sin clientela, un médico sin enfermos!...

BIBIANA: Bien... pero ¿y si tu hija experimentase una aversión particular hacia esa boda?

DEOGRACIAS: Aversión, no es posible; ni aún le conoce: yo mismo, si le veo en la calle, no puedo decir «éste es»; ya se ve, como que no le he visto nunca. Su padre me escribió el proyecto de casar a nuestros hijos; y yo, que no creo encontrar   partido alguno más ventajoso, he aceptado. Por lo que hace a Julia, yo creo que   ni piensa en eso: tú la vuelves loca.
BIBIANA: Corriente; pues me remito a ella; ella puede decidir entre los dos.

DEOGRACIAS: En hora buena; yo sé que la chica es otra cosa.

BIBIANA: ¡Julia! ¡Julia!

DEOGRACIAS: Ella nos dirá su gusto; pero en la inteligencia que, si quiere, la boda se hará al momento.

BIBIANA: ¿Tal precipitación? ¡Julia!

DEOGRACIAS: Sí, señora; ésta es buena ocasión de colocarla; y sabe Dios, si la dejamos escapar, cómo nos veremos luego para encontrar otra igual.

JULIA (entrando):   Mamá, ¿me llamaba usted?

DEOGRACIAS: Ven aquí, hija mía. Vas a responder con toda libertad, sin ceñirte a nuestro gusto... a declararnos francamente el tuyo.

BIBIANA: Se trata de un asunto muy serio para ti; tu padre quiere casarte.

JULIA: (¡Casarme, Dios mío! ¡Ahora!).

BIBIANA: Levanta la cabeza; mírame sin cortedad: ¿quieres casarte? (La hace señas con la cabeza que diga que no). La verdad.

JULIA: Mamá..., casarme.... ahora soy tan joven...

DEOGRACIAS: Eres joven; pero, hija...

BIBIANA: Eso no es lo pactado; ya ves que yo no la obligo a responder; así, déjala tú también en plena libertad. Vaya, hija mía, di: ¿y si tratasen de casarte con un rico tapicero de Barcelona de más de cien mil reales de renta?...

JULIA: (¡Ah! No tiene trazas mi querido de tapicero).

BIBIANA: Vaya, responde. (Vuelve a hacerla señas).

JULIA: Mamá, si usted se empeñase... ¿quién sabe?... Me resignaría obediente...

DEOGRACIAS: No, señora, la verdad; nada de resignación, ni de obediencia, ni de calabaza... Sí, o no.

JULIA: Papá.... en verdad, no me siento inclinada...

DEOGRACIAS: ¿No?

BIBIANA: ¿Cómo, hija, no te gustaría estar todo el día en un hermoso almacén de tapices midiendo, y cobrando, y?...

JULIA: No, mamá.

BIBIANA: Ya lo oyes tú mismo; ahora ella sola habla.

DEOGRACIAS: Estoy confundido.

BIBIANA: Y en caso de casarte, ¿querrías mejor un elegante que no tuviese nada que hacer todo el día, que fuese noble y no ganase la comida, que llevase todos los días a su mujer a Vista Alegre y a la ópera, que te pasease por el Prado en tílburi o en landó, que te regalase sortijas, chales, gorros, plumas, pieles y cadenas, y en fin, que no mirase nunca la cuenta de la modista, que te dejase el maestro de piano, y dar conciertos, como, por ejemplo el conde del Verde Saúco, que se fue a París, y de que tanto nos han hablado? ¿Di, querrías?... (La hace seña).

JULIA: Sí, mamá.

DEOGRACIAS: Sí, mamá (remedándola); pues usted, señorita, tomará el marido...

BIBIANA: Vuelves a infringir nuestros tratados...: a pesar de lo convenido te alteras...

DEOGRACIAS: No, mujer, no me altero... Pero a lo menos, que oiga el que yo la propongo, que le conozca y le trate, y después... Mira, Bernardo a la hora esta debe haber llegado ya de Barcelona; habrá consagrado los primeros instantes a sus parientes; pero de un momento a otro le tendremos aquí, y es preciso recibirle como a quien viene a ser mi yerno: le conoceréis, y después...

BIBIANA:	Bastante conocido le tenemos ya por tanto como nos has dicho de él; Y es bien doloroso haber de dar mi hija a un hombre de su laya; para eso la tomé yo el maestro de baile y de dibujo, y de francés, y de italiano; para eso la he estado yo pagando cuatro años seguidos el maestro de piano; hija de mis entrañas, ¿de qué te sirve haber trabajado tanto, tantos afanes, cuando nunca podías dar con la escala, para aprender el dúo del Crociato y el de la Semíramis, el aria de la Donna, y todito el papel de la Césari en El 0smir?... Todo, todo va a perecer en la humillación del mostrador.

DEOGRACIAS:	¡La humillación del mostrador! ¡Bibiana! ¡Bibiana!

BIBIANA:	Vuelta con Bibiana. ¡Dios mío! ¡Qué vergüenza! Si lo oyen...

DEOGRACIAS:	Pero en el almacén hay gente; vamos a despachar, que aquel muchacho es tan torpe... y tal vez será el sastre Borderó, que tiene que venir por una pieza de muaré y el terciopelo gris perle.

BIBIANA:	Sí, iré... pero atiende a lo que te digo; tú podrás casar a tu hija con Bernardo, podrás sacrificarla; pero en cuanto a mí, te equivocas. Hoy es el último día que despacho en el almacén; mañana se cerrará, o tomarás el partido que gustes; ¡no quiero, no quiero más mostrador! Vamos, hija.

(Salen de escena BIBIANA y JULIA)

DEOGRACIAS:	¡Id benditas de Dios! ¿Hay cosa más ardua para un marido que hacer entender la razón a su mujer? ¡Y que me casara yo! ¿Y qué remedio, si el tal desatino no hace más que la bagatela de veinticuatro años que le hice? Todos los días es lo mismo... y no hay más, que se desbaratará mi proyecto de boda como cuantos he hecho desde aquella fecha... Pero ¡hola! ¿quién viene?

(Entra BERNARDO por la puerta de la izquierda, vestido sencillamente)

BERNARDO:	¿Tengo el gusto de hablar a don Deogracias de la Plantilla?

DEOGRACIAS: Servidor de usted; ¿qué tiene usted que mandarme?

BERNARDO: Ya creo que estará usted informado de mi llegada; vengo de Barcelona, y debe usted de haber recibido carta de mi padre, anunciándole...

DEOGRACIAS: ¡Calle! no diga usted más; ¿pues no he de haber recibido? Ya hace dos correos?. ¡Bernardo! Déme usted los brazos, amigo, aunque no tengo el gusto de conocerle; sin embargo, la memoria de su padre me es muy grata; y al fin, el objeto de su viaje me autoriza a darle esta demostración de mi cariño.

BERNARDO: Señor don Deogracias...

DEOGRACIAS: ¡Pero, hombre, calle! ¡Qué guapo es usted! ¡Y qué buena cara, y qué!... Vamos, vamos, que mi hija... sí, efectivamente, vuélvase usted... muy bien; pues, señor, muy bien, ¡y qué alto!... Y ¿qué tal, qué tal camino ha traído usted?

BERNARDO: Muy bueno: he venido con dos religiosos de excelente humor, un andaluz que mentía por los codos y un buen señor que viene a tomar las aguas del Molar; ello siempre se estaba quejando, pero...

DEOGRACIAS: Vaya, me alegro; y contratiempo ninguno, ni ladrones...

BERNARDO: Ladrones... buenos miedos hemos pasado, y ahí en la venta... ya se ve, también da miedo ver algunas caras... En una palabra, ladrones ha habido; pero, a Dios gracias, no nos han robado nada.

DEOGRACIAS: Vaya, me alegro; ¿y cuándo ha llegado usted? ¿Querrá usted almorzar?

BERNARDO: No, señor, nada; para mí ya es tarde: no he llegado hoy...

DEOGRACIAS: Ya... ¿y su padre de usted? Dígame usted, dígame usted, ¿cómo queda?

BERNARDO: Tal cualillo está ahora; y si no fuera por unos dolores reumáticos que le pasean todo el cuerpo, y la gota maldita, y aquel ojo tan rebelde...

DEOGRACIAS: Yo lo creo; pero si se fía de aquellos cirujanos... Yo se lo decía: «Mira, Benedicto, que esos hombres te van a matar, no los creas»; pero él nada; erre que erre, y que se ha de curar, y que se ha de poner bueno... Ya se ve... no deja de tener razón... Pero es lo que yo digo: en llegando un hombre a los sesenta años, ¿qué cirujanos, ni qué botica, ni qué?...

BERNARDO: Tiene usted razón.

DEOGRACIAS: ¡Oh, si la tengo! Tiene sesenta años; y ¿no ve usted que ése es un mal que le va empeorando todos los días, y le irá comiendo comiendo... hasta que dé con él en tierra? Siéntese usted (cierra la puerta que da al almacén); deje usted ese sombrero, que si ha de ser usted mi yerno es preciso que dejemos cumplimientos.

BERNARDO: Como usted guste; tampoco yo soy amigo de monadas, aunque por desgracia tengo a veces también que hacerlas, porque hay que vivir con todo el mundo. Por esta misma razón no he venido antes aquí, porque quería venir a mi satisfacción, y he tratado de desocuparme antes de visitas. Ya conoce usted a mi tío el canónigo que está aquí, y no hay fuerzas humanas que le hagan ir a su catedral...

DEOGRACIAS: Ya sé, ya.

BERNARDO: Pues, como vine a parar a su casa, y me quiere tanto, fue preciso presentarme en varias casas donde había hablado muy bien de mí; pero casas de etiqueta, donde juega él sus ecartés con los señores mayores y los maridos, mientras que los jóvenes bailamos o nos estamos de pie con el sombrero en la mano; para esto se empeñó en que me hiciese en cuanto llegué un equipaje completo de elegante, dos fraques, una levita, un surtú.. ¿qué sé yo?... Me llevó a todas partes.

DEOGRACIAS: ¡Hola! de modo que le ha relacionado a usted.

BERNARDO: Sí, señor; el primer día estaba atado, no podía moverme; pero como me veían tan bien vestido, no se puede usted figurar las amistades que he hecho; y como tampoco me ha faltado dinero para el café y otras frioleras... pero ¡qué, si cuando me compongo, yo no he visto cosa más ridícula! La primera vez que me vi al espejo no me conocí; unas caderas, un talle... en fin, un conjunto tan incómodo, que ya tenía ganas de venir aquí para quitármelo.

DEOGRACIAS: Pues ha hecho usted muy mal; ¿usted sabe lo que ha hecho?

BERNARDO: ¡Cómo! ¿pues no acaba usted de decir?...

DEOGRACIAS: Sí señor, y me explicaré. Soy el más desgraciado de todos los maridos. Ha de saber usted que mi mujer está loca, pero de una locura bastante admitida en la sociedad; se le ha puesto en la cabeza brillar, hacer la marquesa; ahora mismo acabo de tener una contienda con ella acerca de esta boda: ella me echa a perder a mi hija; pero ¿qué más, si a mí mismo, aquí donde usted me ve, con mis años y mi juicio, me hace jugar y bailar, y ir con ella aquí y allí?... Y desengáñese usted, siempre que usted se presente como está ahora, esté usted seguro de llevar calabazas.

BERNARDO: ¿Qué dice usted? Pero es el caso que si tiene esa manía, no querrá casar a su hija con un comerciante; y ya ve usted que, aunque yo me vista de capitán general, nunca seré más que Bernardo.

DEOGRACIAS: Sí, señor, es verdad; pero no importa, ¿quién sabe si la primera impresión...? En fin, es preciso que se vaya usted a vestir, que venga usted haciendo muchos gestos, muchos ascos, muchas contorsiones; que hable usted algo de francés, algo de italiano, español poco y mal, y siempre sin fundamento, que baile, que saque un reloj de salto de Breguet, que hable mucho de ópera y de París; y si puede ser, de Londres; que tenga deudas, que... ya me entiende usted.

BERNARDO: Demasiado; y felizmente no me será dificultoso, como dure poco esta farsa.

DEOGRACIAS: ¿Tiene usted lente y anteojos?

BERNARDO: No, señor.

DEOGRACIAS: Pues cómprelo usted; vamos, pronto.

BERNARDO: Pero, señor, ¿para qué? Si no los necesito, yo veo claro.

DEOGRACIAS: No importa. ¿Y látigo y espolines?

BERNARDO: No, señor, pero tampoco tengo caballo.

DEOGRACIAS: No importa; por lo que pueda suceder.

BERNARDO: Pero, señor...

DEOGRACIAS: Cómprelo usted.

BERNARDO: Pero, señor, a mí me parece... ¿cuánto más fácil sería que usted, como amo de su casa, manifestase desde luego su voluntad, su decisión?...

DEOGRACIAS: Se conoce que no está usted casado; en primer lugar yo no me atrevo con mi mujer; y luego ¿qué adelantaría usted con que mi mujer me arañase? Por la fuerza, la chica, que piensa casi como ella, le cobraría a usted odio y sería peor. ¡Cuánto mejor es hacerse querer! Y luego veremos: sabe Dios si podremos hacer carrera de ellas y corregirlas; déjeme usted a mí, déjeme usted llevar... pero voy a ver... Oigo gente; no vengan y... (Registra y cierra las puertas).

BERNARDO: (Y mi amable desconocida... Yo he retardado todo lo que he podido venir aquí; pero ella tampoco me conoce a mí: resolución y dejémoslo. Esta boda es la que me dicta mi interés, la que agrada a mi padre...).

DEOGRACIAS: ¿Qué hace usted pensativo?

BERNARDO: Nada.

DEOGRACIAS: Pues aprovechemos tiempo; nadie le ha visto a usted; vuele usted a componerse y vuelva dentro de una hora; déjese usted llevar.

BERNARDO: Corriente, vengo en ello gustoso; hasta después.

DEOGRACIAS (volviendo a abrir las puertas): Ello es arriesgado... ¡Yo, que nunca las he visto más gordas, a la cabeza de una intriga, y una intriga para casar a mi hija! Sabe Dios cómo saldré de ella; tanto más cuanto que no suelen ser los padres los que se encargan de este ramo de la casa; luego, esto me ahorra una riña con mi mujer: no es un ahorro despreciable... Pero ella viene; lo mejor es dejarla el campo. (Se marcha).

(Salen de nuevo a escena BIBIANA y JULIA)

BIBIANA:	Gracias a Dios que nos dejan un momento en paz. ¡Julia!

JULIA:	Mamá...

BIBIANA:	Dime; y aquel elegante que estuvo hablando al oído toda la noche en la calle de Valverde, parecía que se inclinaba... ¿No has vuelto a saber? Debía ser un caballero, y tú tal vez tan torpe que no harías lo posible por manifestarle...

JULIA:	(¡Ah! ¡no sabe bien lo que haría por él!).

BIBIANA:	Responde; ¿no supiste quién era? ¿No te ha vuelto a seguir?

JULIA:.	No he podido saber quién es; pregunté a varias amigas, pero dijeron que le habían presentado aquella noche, que sólo sabían que acababa de llegar de fuera; y yo lo creo.

BIBIANA:	El iría por casualidad: no era casa de bastante tono para él; lo que siento es que nos haya visto allí y no en casa de la marquesa.

JULIA:	El domingo, cuando fuimos a misa, estaba junto al Buen Suceso; yo le vi de reojo; en cuanto nos atisbó, ¡si viera usted qué apretarse por entre la gente para estar a nuestro lado!; al subir los escalones me tomó la mano...

BIBIANA:	¿Y te la apretó?

JULIA:	Sí, señora; pero yo hice como que me recataba de usted y que no me gustaba, y la quité... A pesar de eso, toda la misa estuvo mirando; yo, haciendo como que no le veía, y todo era darle a usted con el pie, y usted pensado que la pisaba, hasta que tuve que dejarlo. Después nos siguió, y sin duda al volver la calle hubo de perdemos de vista, porque yo no le volví a ver; y no debe saber nuestra casa.

BIBIANA: Ya se ve, tú tampoco procurarías decírsela.

JULIA: ¡Yo! ¿Cómo quiere usted que le dijese?...

BIBIANA: Sí, señora, hay modos de decir las cosas; por ejemplo, se dice: «Estoy tan cansada...; hemos estado en el Prado, y como está tan lejos de casa... Ya se ve, lo último de la calle Mayor, precisamente el número tantos, que cae tan allá...» ¿Entiendes?

JULIA: Sí, señora.

BIBIANA: Pues ya lo sabes para otra vez; y ya puedes sacar el vestido de cotepalí, y ese canesú que te acabas de hacer: esta noche hemos de volver... ¡quién sabe si estará allí! ¿Y en esta circunstancia te habías de casar con Bemardo? No será, o habrá en casa lo que tu padre no quiera oír.

(Rápidamente cae el telón)

DON DEOGRACIAS (escribiendo, habla en los intermedios):El conde del Verde Saúco pedirme mi hija para casarse... vaya... es singular; no hace nada que estaba en París... pero yo tengo oído hablar de él; ahí está, sin ir más lejos, Pascasio mi jardinero que fue criado suyo: es un calavera, está arruinado. ¡Qué boda tan mala sería! No, no, de ningún modo; estos enlaces desiguales sólo acarrean la desgracia de los que los contraen; el marido le echa en cara a la mujer que es una plebeya... Nunca, nunca; ¿para qué querrá que nos veamos? No conviene, me excusaré con un pretexto; le diré que voy de caza hoy mismo. ¡Hola, muchacho!

(Entra el JOCQUEY, al reclamo de DEOGRACIAS)

DEOGRACIAS: Diga usted, ¿es cosa de llevar la respuesta?

JOCKEY: Como usted guste; pero la verdad, entiendo que mi amo debe marchar esta mañana; ahora mismo voy yo a buscarle con el tílburi para dejarle en un coche francés; va por ocho o diez días a una casa de campo que tiene junto a Buitrago.

DEOGRACIAS: (¡Qué plan se me ocurre tan soberbio! Un poco atrevido, eso sí). ¿Dice usted que se va por ocho o diez días?

JOCKEY: Así lo ha dicho.

DEOGRACIAS: (¡Bravo! mi mujer y mi hija sólo de oídas le conocen; están entusiasmadas por él... Dicho y hecho, en ocho días hay tiempo para volver el juicio a una muñeca de diez y seis años).

JOCKEY: (Este hombre es cachazudo)

DEOGRACIAS: ¿Con que dará usted esta respuesta al señor conde ahora mismo? (Le da la carta).

JOCKEY: Sin duda.

DEOGRACIAS: ¿Y después le deja usted en su coche francés?

JOCKEY: Cierto.

DEOGRACIAS: Y después... ¿eh?

JOCKEY: (Vaya un preguntar). Y después, después, como me quedo libre, no sé lo que haré.

DEOGRACIAS: No lo pregunto con falta de misterio; es preciso explicarme. Usted parece un excelente sujeto, callado, fiel.

JOCKEY: Señor.... mi amo no tiene queja de mí.

DEOGRACIAS: Porque... tiene usted cara de serme útil hoy.

JOCKEY: En cuanto no se oponga con el buen servicio del señor conde.

DEOGRACIAS: Nada de eso... Y por último, yo soy agradecido, a duro por hora, todo el día; tome usted para empezar.

JOCKEY: A ese precio mande uste, y no quedará usted descontento del desempeño: ¿qué es lo que hay que hacer?

DEOGRACIAS: Volver aquí en derechura con el tílburi en cuanto haya usted dejado a su amo; si en casa le echan a usted de menos...

JOCKEY: Eso corre de mi cuenta: ¿qué más?

DEOGRACIAS: Pues, señor, después... Pero calle usted: es mi mujer, silencio.

(Entra DOÑA BIBIANA; durante su monólogo siguen hablando, entre sí DON DEOGRACIAS y el JOCQUEY, en un rincón de la escena).

BIBIANA: ¡Jesús, qué infierno de almacén! y parece que hoy han convocado a todos los pesados de Madrid para venir a comprar a casa; y el otro jorobado chiquituelo con una mujer de que se pueden hacer tres como él (remedando): «a ver el tafetán español... este no... más fuerte... el francés... tampoco, tiene mal negro... un poco más cuerpo... A ver el gros de Nápoles». Pues, revuelva usted todo el almacén, y luego los descamisados se van sin comprar nada. Es triste cosa estarse moliendo uno que tiene talegas en obsequio de un cualquiera, que, después de no tener una peseta, todavía tiene la petulancia de darse un tono con entrar y salir en estas casas: «y a ver, saque usted, y esto no me gusta, y aquél es feo»; y por último, «quede usted con Dios», y vuelva usted a doblarlo todo, y ¡vaya, yo me quemo!

JOCKEY:	(A don Deogracias). Muy bien, quedo enterado. Descuide usted, se hará exactamente. (Sale).

BIBIANA:	Vamos, tú también estás pesado; ¿es cosa de que no almorcemos hoy?

DEOGRACIAS:	Mujer (ánimo y empecemos la grande obra), estaba contestando, como era regular, al criado del señor conde del Verde Saúco.

BIBIANA:	¿El conde del Verde Saúco? ¿Ha vuelto ya de París? ¿Y contigo qué asuntos puede?...

DEOGRACIAS:	Sí, señora, ha vuelto; mira tú si ha vuelto, que él mismo en persona va a venir...

BIBIANA:	¿A casa?

DEOGRACIAS:	A casa; hoy me escribe que, atraído por la fama de nuestra Julia, la conoce y la quiere...

BIBIANA:	¿Qué dices?

DEOGRACIAS:	Mira tú si la querrá; me la pide en matrimonio. ¿Eh? ¿qué te parece?

BIBIANA:	¿Es posible? ¡Dios mío! yo voy a perder el juicio; ¿mi hija condesa del Verde Saúco? ¿Y querías casarla con ese tapicero? Habla ahora, si te parece.

DEOGRACIAS;	Pero ¿quién había de figurarse?...

BIBIANA:	Pues ahí verás; ¿quién? yo... Habla ahora por Bernardo.

DEOGRACIAS: En verdad, mujer (disimulemos), que en vista de estas cosas casi me inclino a pensar como tú; en fin, yo le he respondido que puede venir.

BIBIANA: Muy bien hecho; ¿y qué le habías de responder? Yo que tenía tantas ganas de conocerle... El primer elegante de Madrid, como quien dice. ¡Julia, Julia, Francisco, Pascasio! ¡Hola, criados!

DEOGRACIAS: Ya prendió la yesca.

FRANCISCO: (entrando) Señora, ya está listo el almuerzo desde las diez, y van a dar las doce...

BIBIANA: Déjanos de almuerzo; ¿quién ha de tener gana de almorzar?

FRANCISCO: Señora.... yo no sé... como usted dijo...

BIBIANA: ¡No tenemos otra cosa que hacer más que almorzar, salvaje! Mire usted si hay tiempo de almorzar en todo el día; arregla esas sillas, límpialas.

FRANCISCO: Si están limpias.

BIBIANA: No importa, bruto; saca aquí los floreros. Mira, antes ven aquí; esperamos dentro de un instante una visita, un joven muy elegante; al momento que vaya a entrar vienes tú delante de él, abres la mampara, le anuncias... como se hace en todas partes.

FRANCISCO: Sí señora; pero ¿cómo he de decir?

BIBIANA: ¿No lo has oído ya? «El señor conde del Verde Saúco».

DEOGRACIAS: (Bien hace pensar en eso; yo no tenía ya tiempo de avisar a Bernardo; con eso se oirá anunciar y sabrá quién es).

BIBIANA: Oye, y para eso ponte la levita azul con el vivo encarnado.

FRANCISCO: Está muy bien.

BIBIANA: ¡Julia! esta chica... El caso es que yo ya no tendré tiempo de mudarme este vestido.

DEOGRACIAS: No importa, mujer; como tú dices, estás en un agradable negligé. (Francisco se va después de haber limpiado las sillas y sacado los floreros). Llega Julia.

BIBIANA: Despáchate hija mía; el conde del Verde Saúco, el que teníamos tanta gana de conocer, que gasta tanto dinero, que juega, que ha tenido tantos desafíos, va a venir dentro de muy poco a verte.

JULIA: Mamá, ¿a mí?

BIBIANA: Acaba de escribir a tu padre pidiendo tu mano; ya ves, hija mía; ¿no te alegras? Por último, he hecho mudar de opinión a tu padre y conviene conmigo en que esta boda es mejor que la otra.
Vamos, ¿qué dices?

JULIA: (¡Dios mío!). Sí, mamá, me alegro; me voy a mudar.

FRANCISCO: (Entrando, anuncia): El conde del Verde Saúco.

(entra BERNARDO elegantemente vestido).

DEOGRACIAS: (Se adelanta y le coge las manos, procurando unas veces no dejarle hablar, y otras instruirle por lo bajo). ¡Señor conde del Verde Saúco!

BERNARDO: (¿Qué es esto? ¿Yo conde?).

DEOGRACIAS: ¡Señor conde! (Bajo). Déjese usted llevar: sí, conde, conde. (Alto). Usted haciéndome tanto honor... ciertamente que me considero muy feliz recibiendo en mi casa al primer elegante de Madrid... (Bajo). Diga usted algo.

BIBIANA: Señor conde...

BERNARDO: Señora, yo no soy...

DEOGRACIAS: (Bajo). Sí, elegante, muchas contorsiones. Sí, señor; a ver, una silla al señor conde. Tengo el honor de presentaros al señor conde del Verde Saúco, de quien acabamos de recibir esa carta pidiéndonos nuestra hija en matrimonio. (Bajo). Hombre, calle usted y siga usted adelante.

BIBIANA: Señor conde...

BERNARDO: Pero señora, si... yo no soy... (Esta ficción me vuela).

DEOGRACIAS: (Bajo). Sí es.

BERNARDO: (Bueno). Señora, yo no soy... el menos honrado en estas circunstancias.

BIBIANA: Agradezco mucho en verdad tantas atenciones como debemos al señor conde, y creo que mi hija... -Julia, vamos- participará de mis sentimientos...

BERNARDO: Señora... (Julia levanta la cabeza y se ven los dos).

JULIA: (¡Dios mío! ¡él es!).

BERNARDO (¡Cielos! mi desconocida; ¡qué fortuna!).

BIBIANA: Vamos, hija, ¿qué tienes?

JULIA: Nada, mamá.

BIBIANA: Saluda al señor conde.

BERNARDO: Esta señorita me dispensará de haberme tomado la libertad de introducirme tan pronto, y sin contar primero con su beneplácito.

JULIA: ¡Ah! Ciertamente que está usted perdonado.

BIBIANA: Pero el señor es, si no me engaño, el mismo que la otra noche en la calle de Valverde... (aparte a Julia) el que te ha seguido.

JULIA: (Aparte a doña Bibiana). Sí, mamá. Sí..., yo conozco al señor conde.

BERNARDO: Efectivamente, señora, no es ésta la primera vez que nos vemos; ni ¿cómo hubiera yo podido de otra manera prendarme de esta señorita, y...?

BIBIANA: Sí, noches pasadas; en aquel bailecillo... estaría usted de incógnito allí... el viernes.

BERNARDO: Sí, el viernes; en la calle de Valverde, cuarto segundo, un baile de poco más o menos: yo no había ido nunca, pero acababa de llegar; no sabía en que pasar la noche; un amigo se empeñó en llevarme, y ciertamente no estoy arrepentido, tuve ocasión de conocer a ustedes. Pero ¡qué baile!... Tampoco había más de dos hermosas con quien se pudiese hablar; así fue que no me separé de ellas en toda la noche.

JULIA: (Bajo a su madre, mientras que Bernardo y don Deogracias hablan entre sí). ¡Ah, mamá, qué guapo, qué fino es!

BIBIANA: ¡Ah! a éstos que lo son desde la cuna, ¡cómo se les conoce a legua! No se pueden equivocar.

DEOGRACIAS (A Bernardo):   Por Dios que es casualidad; ¿con que usted las vio sin saber quiénes eran?

BERNARDO: Esto es. (Se dirige a hablar a doña Bibiana).

DEOGRACIAS: (Vea usted).

BIBIANA: Pues aquí también fue casual el ir; pero mi Deogracias había debido favores en otro tiempo al marido de la hermana mayor, la loquilla aquella que estuvo toda la noche bailando con el guardia de corps, y chichisbeando, y...

BERNARDO: Sí.

BIBIANA: Y por eso fuimos; pero ¡qué noche pasé...!

DEOGRACIAS: Espero, señor conde, que querrá acompañarnos a almorzar.

BERNARDO: ¿No han almorzado ustedes todavía? ¡Oh! eso es del gran tono; enteramente como yo.

BIBIANA: Almorzamos tarde, muy tarde.

DEOGRACIAS: ¡Oh! el señor conde almorzará por la tarde, como quien dice...

BERNARDO: Sí, señor, no me gusta levantarme por la mañana; almuerzo mi bistek o mi rosbif a la inglesa; como por la noche a la francesa...

BIBIANA: ¿No comerá usted cocido nunca?

BERNARDO: Señora, cocido... jamás; y ceno...

DEOGRACIAS: ¿Por la mañana, eh?

BERNARDO: Sí, señor.

BIBIANA: ¡Cómo me gusta ese arreglo!

DEOGRACIAS: ¿Con que almorzará usted con nosotros?

BERNARDO: Con muchísimo placer.

BIBIANA: (A don Deogracias). ¿Qué haces? Mira que no tenemos quien sirva.

DEOGRACIAS: ¿Y qué importa? El señor conde traerá sus criados.

BERNARDO: Mis criados... efectivamente, los tengo... (Este hombre...).

DEOGRACIAS: Francisco, el almuerzo, y el jockey del señor conde que entre.

BERNARDO: ¡Jockey!

(Sale el interpelado)

JOCKEY: (A Bernardo). Vengo a saber las órdenes de vuestra señoría,

BERNARDO: (Pues, señor, está visto, hay que dejarse llevar).

DEOGRACIAS: (Acercándosele, mientras que ellas se miran al espejo y componen el peinado). Bernardo, por Dios, que es usted el conde del Verde Saúco hasta el último trance, o no se casa usted con mi hija.

JOCKEY: Señor, lo que vuestra señoría mande.

BERNARDO: Me parece que te puedes ir, o si no te puedes quedar.

JULIA: (Asomándose al almacén). ¡Ay! qué bonito tílburi.

JOCKEY: Es de mi amo, el señor conde.

JULIA: ¡Ay, qué bonito! Mamá, ¡mire usted!

BERNARDO: (A don Deogracias). ¿También tílburi? ¿Cómo saldremos de esto?

DEOGRACIAS: ¿A usted qué le importa? Vamos, señor conde, siéntese usted.

BERNARDO: Permítame usted... Señoras. (Buscando para sí un nombre). (Simón, Pedro...) Mi jockey, Rodolfo, sírvenos.

BIBIANA: El señor conde nos dará noticias de París.

BERNARDO: (Ésta es otra).

BIBIANA: ¿Cómo deja usted París?

BERNARDO: No hay novedad particular; ya ve usted, París...

BIBIANA: ¡Oh! lo creo; ¿qué ópera nueva se echaba cuando usted vino?

BERNARDO: Precisamente, cuando yo vine... ¡oh! muy bonita.

BIBIANA: ¿Cómo se titula?

BERNARDO: La... la... la, la, la, ¡qué fatalidad...! no acordarme yo ahora; y todo el día la estoy tarareando. (¡Por vida de...!). En fin, muy bonita.

BIBIANA: Ya ve usted, París, aquello será un gentío inmenso...

BERNARDO: ¿Y aquí de ópera cómo estamos?

BIBIANA: Digo que aquello será un gentío.

BERNARDO: (¡Vuelta!) Señora, es una confusión; no se puede dar un paso; en fin, es una liorna. ¿Y aquí de ópera?

BIBIANA: Diga usted, ¿y qué vestidos llevan las señoras a los bailes?

BERNARDO: (¡Por vida rnía!). Señora, yo no reparo; pero... sin embargo, muy bonitos.

BIBIANA: Yo lo creo. ¿Qué telas son las más...?

BERNARDO: Sí, señora, de varias telas. (Estoy frito).

BIBIANA: (A Julia). Hija mía, distraído como todos estos señores.

BERNARDO: (A don Deogracias). ¿Y la ópera aquí...?

DEOGRACIAS: Buena, muy buena; pero desentonan los coros.

BIBIANA: Eso no sucederá en París; ¿no es verdad, señor conde?

BERNARDO: ¡Qué!, no, señora; ya ve usted...

BIBIANA: Ya me hago cargo, allí..., sino que aquí en España, como somos así... tan...

JULIA: Al señor conde le gustará mucho hablar de París.... como es tan bueno...

BERNARDO: Sí, señora, mucho. ¿Con que aquí la ópera...?

DEOGRACIAS: ¿Usted no faltará nunca?

BERNARDO: No, porque me guardan mi billete; ello cuesta más, pero es preciso desengañarse; es imposible concluir con los revendedores. Y usted, señor don Deogracias, ¿no es apasionado de la ópera?

BIBIANA: (Verá usted como dice alguna brutalidad). (Le pellizca).

DEOGRACIAS: Sí, señor, mucho; pero de música...-mujer, que me atenaceas- yo no entiendo una nota; y me gusta más ir al Pelayo de Quintana o al Viejo y la niña de Moratín que a la ópera.

BIBIANA: ¿No lo dije? No haga usted caso, señor conde; mi marido no está en el tono; es un español muy español, y nada más. (A don Deogracias). ¡Bruto! tú me has de avergonzar por todas partes.

DEOGRACIAS: Pero mujer..., en fin, ¿te gusta el conde?

BIBIANA: ¡Qué fino! ¡Cómo se conoce que viene de París! ¡Qué maneras! A no ser quien es...

(entra el sastre BORDERÓ)

BORDERÓ: Felices, señor don Deogracias. Hola, ¿están ustedes comiendo ya? ¿Irán ustedes a los toros? Abur, doña Bibiana. (Le da en el hombro).

BIBIANA: Caballero, ¡qué franqueza! Tenga usted la bondad de reportarse; para la primera vez que me ve usted no deja de tener desembarazo; si busca usted a mi marido... Vamos, hombre, despacha al señor.

BORDERÓ: La primera vez que la veo... ¡ah! ¡ah! ¡ah! señora, perdone usted; yo pensé que el sastre Borderó, como antiguo parroquiano...

BIBIANA: Deogracias, ¡qué impertinencia! Usted, señor conde, excusará...

BERNARDO: ¡Señora!

BORDERÓ: ¡Señor conde! Hola, esta casa va subiendo como la espuma.

DEOGRACIAS: (Le lleva al lado opuesto). No haga usted caso de mi mujer.

BORDERÓ: No, no vale la pena. Vengo por el terciopelo gris perle, y es preciso...

DEOGRACIAS: Hombre... Si pudiera usted volver... porque... la verdad, estamos en este momento haciendo los honores al señor conde del Verde Saúco, que almuerza con nosotros.

BORDERÓ: ¿El conde del Verde Saúco? ¿Ha venido ya? ¿Quién es? ¿Aquél?

DEOGRACIAS: Sí, señor; pero hombre, no mire usted con ese descaro; con que vuélvase usted a otra hora.

BORDERÓ: ¡Qué casualidad! Precisamente le ando buscando por todas partes, porque desde que se fue a París me dejo una pella de cuatro mil reales por un surtú, un habit de chase y un corsé.

DEOGRACIAS: Hombre, en mi casa... ¡Estamos frescos! (Esto es lo que yo no había calculado).

BORDERÓ: Quite usted. Verá usted. Señor conde, señor conde del Verde Saúco.

BERNARDO: (¡Diantre! Apenas he tomado posesión del título y ya todo el mundo me conoce). ¿Qué quiere usted?

BIBIANA: ¡Qué insolencia!

BORDERÓ: ¿Vuestra señoría es el conde del Verde Saúco...?

BERNARDO: Sin duda: vamos, acabe usted.

BORDERÓ: Señor, soy el sastre Borderó. Me he presentado varias veces en la fonda donde está vuestra señoría.

BERNARDO: (En la fonda. Esto es cosa del padre; bueno).

BORDERÓ: Y siempre me ha despedido ese mismo criado que trae vuestra señoría; que vuestra señoría no estaba visible, que tal, que...

JOCKEY: Las órdenes del señor conde.

BERNARDO: Bien, está bien; calla tú; ¿y qué?

BORDERÓ: Yo he respetado esas órdenes... pero al fin tengo aquí una letra aceptada por vuestra señoría y endosada a mi favor, cuyo término ha expirado.

DEOGRACIAS: (¡Por San Telmo, lo hemos echado a perder!). Señor Borderó, el señor conde está en mi casa ahora, y...

BERNARDO: (¡Cómo disimulan!). Corriente... esa letra... veamos (La ve, y dice aparte). (Este es el golpe del padre; de gentes elegantes es tener acreedores, y él ha encontrado uno en un momento). Bien, cierto; pero ¿qué tengo yo que ver con esto? Es verdad que yo he contraído la deuda, pero ¡qué! ¿Quiere usted que yo también la pague? ¿Lo he de hacer yo todo? Véase usted con mi contador; los hombres de mi clase no acostumbramos a pagar las deudas nosotros mismos; ¿o cree usted que soy un cualquiera?

BORDERÓ: Ya sé que va mucha diferencia; pero está sentada en el consulado, y me sería muy sensible que por un asunto de esta clase se viese vuestra señoría detenido.

DEOGRACIAS: (Malo, todo se va a descubrir).

BORDERÓ: Y preso en el consulado..

BIBIANA y JULIA: ¡Preso!

BERNARDO: Señoras, este hombre está loco; ¿a mí? No es posible; ¿y a qué sube, una talega, o dos?

BORDERÓ: Nada de eso... la bagatela de cuatro mil reales.

BERNARDO: ¿Y para eso me viene usted a romper la cabeza? ¡Habrá insolencia!

BORDERÓ: Señor, es verdad; pero vuestra señoría lo debe.

BERNARDO: Demasiado honor le hago a usted en acordarme de él para que me sirva, y para deberle, y para... En fin, eso es una futesa; ahí está el señor Deogracias; tengo cuenta abierta con él; él se lo dará a usted. Señoras, sigamos.

DEOGRACIAS: ¿Cómo, cuatro mil reales yo?

BIBIANA: Sí, hombre, ¿qué puedes rehusar al señor conde? ¿Y qué entiendes tú de eso, y de los estilos de etiqueta?... Dalo...

BERNARDO: Efectivamente, es tan poca cosa, que yo, en igual caso por usted...

DEOGRACIAS: Sí, pero usted cree que esto es chanza, y en este momento estoy en una situación tan crítica... (También renunciar a una intriga que se presenta tan bien... Tal vez se logre cobrarlo del conde verdadero... en fin...). Señor Borderó, venga usted conmigo.

BORDERÓ: Mire usted ya que estoy aquí, me es indispensable llevar el muaré...

DEOGRACIAS: Mi mujer se lo dará a usted. (A Bernardo). Voy a dejarle a usted solo con ella; haré llamar a mi mujer.

BERNARDO: Corriente, y siéntelo usted en el libro.

(Salen DEOGRACIAS y BORDERÓ).

BERNARDO: Estos tunantes piensan que no tiene uno otra cosa que hacer sino atender a sus impertinencias.

BIBIANA: Señor conde, ¿qué quiere usted? No tienen principios ni educación... un sastre... como usted ha dicho muy bien, les hacen ustedes mucho honor en mirarlos, y mucho más en que puedan decirse sus acreedores.

BERNARDO: ¡Quién lo duda! sino que es una canalla desconocida y...
(entra FRANCISCO)

FRANCISCO: Señora, mi amo la llama a usted por un momento.

BIBIANA: ¡Jesús, qué hombre! ¿He de dejar al señor conde?

BERNARDO: Señora, sé lo que es el comercio; por mí no deje usted de hacer lo que se le ofrezca, sería ofenderme.

JULIA: (Me dejan sola con él).

BERNARDO: (Ha llegado el momento, y no se puede despreciar esta ocasión). Rodolfo, a cuidar del tílburi.

(salen BIBIANA y FRANCISCO)

BERNARDO: (Cogiéndola las manos y adelantándose sobre la mesa). Julia, ¡qué ocasión tan feliz, y qué dicha la mía de poder ofrecer a usted mi amor! ¿Está usted triste? Ciertamente; ¿qué tiene usted, Julita? ¿Le desagrada a usted este paso? (Qué trabajo me cuesta fingir con ella también! ¡Ah! se paga del rango). ¿No me quiere usted contestar?

JULIA: Señor conde, usted nos hace tanto favor, que no puedo menos de estarle agradecida, de quererle bien...

BERNARDO: Favor, agradecimiento... es decir, que no me ama usted; si usted me amara... los amantes nunca se hacen favor en amarse; la clase es para ellos despreciable.

JULIA: ¿Y usted cree que para mí no lo es? Diga usted, cuando usted me seguía, ¿sabía yo que era usted conde, y mis ojos no le decían bastante claro que no me era indiferente?

BERNARDO: ¡Qué oigo! Es decir, que aunque yo no fuera el conde del Verde Saúco me amaría usted.

JULIA: Señor conde, he dicho demasiado para lo que es permitido a una mujer; pero ya que antes de hablarnos le había dado a usted algunas muestras de inclinación, debo hablar. Si usted me hubiera dado una prueba como ésta de amor, creería, como todos, que tengo las mismas ideas de mi madre, que no aprecio sino el oropel; pero ¡ah! no sabe usted la pena que he sentido cuando mi madre me dijo que el conde del Verde Saúco me pedía; se me cayó el alma a los pies; disimulé, pero acordándome de mi desconocido, y bien determinada a hacer al conde el objeto de mi desprecio, maldije su clase, el afán de mi madre... y sólo cuando reconocí en usted al mismo que ya mi corazón estimaba en secreto, fue cuando volví a gozar de la tranquilidad que creí haber huído de mí para siempre.

BERNARDO: Julia, ¿será cierto? (¿Y he de hacer el tramposo, el loco a los ojos de esta mujer? No). Julia, sepa usted...

JULIA: ¡Ay! alce usted; ¡por Dios! Papá viene.

BERNARDO: Julia, si usted me quiere...

JULIA: Sí, sí, cuente usted con mi amor, pero alce usted...

BERNARDO: (Padre maldito, ¿por qué tan pronto? Hubiera sabido quién soy, que no tengo acreedores...

(regresa DEOGRACIAS)

DEOGRACIAS: Señor conde, está usted servido, y aquí tiene usted el recibo.

BERNARDO: Guárdemelo usted; ya nos entenderemos.

JULIA: Papá, ustedes van a hablar de asuntos, me iré con mamá.

BERNARDO: Julita, usted nunca es un obstáculo...

JULIA: No importa; hasta después, señor conde.

BERNARDO: Agur, preciosa Julia.

DEOGRACIAS: Bien, anda; ahora vamos allá (Con eso le diré lo de la letra; piensa que es juego, y yo estoy desesperado).

(Sale JULIA)

DEOGRACIAS: Amigo Bernardo, esto...

BERNARDO: Esto va divinamente; déme usted los brazos y la enhorabuena, amigo: no he perdido el tiempo; pero ¡qué bien lo ha dispuesto usted todo, hasta fingir el acreedor, y la letra, y!...

DEOGRACIAS: Poco a poco, Bernardo; le contaré a usted...

BERNARDO: Sí, sí, ya entiendo; es usted un portento de habilidad.

DEOGRACIAS: Pero si no...

BERNARDO: Es claro, si no, no se podría hacer bien; hubieran sospechado...

DEOGRACIAS: No, señor...

BERNARDO: No; así, ¿cómo es posible que den en ello? Pues señor, usted será hábil; pero confiese usted que yo no le voy en zaga; me he declarado a la chica, y no sólo he visto que me quiere, sino que la he fondeado, me he cerciorado de que no piensa como su madre, que no me quiere por ser conde; aunque no lo fuera me querría: ella misma me lo ha dicho, ahora, aquí, cuando usted vino... y aquel aire de candor... No, no me engaña; y usted ha sido un torpe en venir tan pronto...

DEOGRACIAS: ¿Cómo, un torpe todavía, después de soltar cuatro mil reales?

BERNARDO: Déjese usted de bromas; sí, señor; ni yo puedo ya fingir más; su hija de usted es preciosa, y si ella no se deja llevar del oropel, es preciso que todo se descubra, y ahora mismo voy, porque soy feliz...

DEOGRACIAS: (Le detiene). Hombre, venga usted acá, este hombre no me deja hablar, y todo lo va a echar a perder. La chica será todo lo que usted quiera, y le querrá a usted sin ser conde; pero la madre no; hombre, mire usted lo que hace, por las once mil vírgenes y todos los innumerables mártires de Zaragoza.

BERNARDO: No importa, la chica será mía.

DEOGRACIAS: Hombre, yo me voy a quedar sin cuatro mil reales y sin novio; venga usted acá, loco de atar, que todo se concluyó si...

BERNARDO: Pero queriendo usted y la chica...

DEOGRACIAS: Aunque quieran todas las chicas del barrio, si mi mujer no quiere, usted, yo y la chica y todo el barrio saldremos arañados, y locos, y perdidos, y sin boda, y sin dinero, y sin ojos en la cara. Sosiéguese usted, siga su papel, que mi plan no está acabado; venga usted conmigo, aquí pueden volver y oírnos; en mi cuarto le acabaré a usted de explicar cómo se ha proporcionado este disfraz, y lo que hay, y lo que ha sucedido; en fin, vamos, vamos a mi cuarto.

(Salen los dos personajes de escena, al tiempo que desciende el telón)

ACTO TERCERO

(Don Deogracias, después PASCASIO)

DEOGRACIAS: Es preciso, sí, mi mujer es el diablo. Pascasio, Pascasio... este muchacho pudiera descubrirlo todo.

PASCASIO: Señor.

DEOGRACIAS: Mira, ¿tú has sido criado del conde del Verde Saúco, eh?

PASCASIO: Sí, señor, ya sabe usted que de su casa vine aquí, que la dejé porque nunca veía un cuarto de mis salarios, porque todo el día me traía hecho un zascandil: a casa del sastre; del acreedor a llevar esperanzas; del empeñador, del prestamista, porque tenía su señoría un compromiso y era preciso salir de él a toda costa..

DEOGRACIAS: Bueno, bueno, ya me lo has dicho.

PASCASIO: Pero, sin embargo, le quiero, como a todos mis amos; eso es otra cosa, y en cuanto pudiera servirle que no fuera...

DEOGRACIAS: Bueno, bueno; mira, Pascasio, tú eres hombre callado.

PASCASIO: Señor, desde que soy su jardinero de usted no creo...

DEOGRACIAS: No, no me has dado motivo de sentir, estoy contento; pero ven a mi cuarto; se trata de que ya que conoces al conde no descubras un proyecto que traigo entre manos.

PASCASIO: Señor, ya sabe usted que yo...

DEOGRACIAS: Sí, bien, te lo explicaré; ven a mi cuarto.

(Salen ambos por una de las puertas de la derecha, la que conduce al cuarto de DEOGRACIAS. Por la puerta de la izquierda---de la calle- llega FRANCISCO acompañado del CONDE DEL VERDE SAÚCO y de su criado SIMÓN).

FRANCISCO:	(Abriéndoles la puerta). Aún tardarán porque se están peinando; pero pasen ustedes aquí.

CONDE:	Mejor estaremos aquí que en esa antesala maldita.

SIMÓN:	Pero, señor, ¿todo un conde del Verde Saúco andar en estos misterios y disfraces: Será posible que el amor le tenga a vuestra señoría tan turbado, que no conozca que se pone en el caso de hacer un papel ridículo?

CONDE:	¡Ah! ¡ah! ¡ah! no lo entiendes.

SIMÓN:	¿Se ríe vuestra señoría? Pues cierto que es cosa de risa.

CONDE:	¿No quieres que me ría, si no sabes de la misa la media? Amor, dices. ¿Cuándo me has visto tú enamorado desde que eres mi ayuda de cámara? Eso es muy plebeyo; muy antiguo.

SIMÓN:	Pues, señor, entonces no alcanzo qué fin puede vuestra señoría llevar en introducirse así en casa de unos simples comerciantes, aguardar a que no esté el amo, pasar recado a la señora, y guardar aquí una rigurosa antesala, que vuestra señoría mismo no se la hace hacer a un...

CONDE:	Verdad es; mira, ya que tú me acompañas en esta intriga, y que sabes que mi marcha es supuesta, quiero confiarme a ti. ¿Tú sabes cómo andan mis negocios?

SIMÓN:	Sí, señor, lo sé.

CONDE:	¿Qué no tengo más esperanzas que las que me hace concebir mi tía, la que se está muriendo, pero que probablemente saldrá de este ataque como ha salido de otros diez, y vivirá todavía una porción de años?

SIMÓN: Sí, señor.

CONDE: ¿Qué estoy lleno de deudas, que ya lo estaba antes de ir a París, que allá me he acabado de arruinar? Ya se ve, esa maldita Josefina me ha desollado; pero vamos a ver, ¿qué remedio? Un hombre de mi clase... es indispensable tener caballos, trenes, buena mesa, familia, palco en la ópera, vestirme por el mejor sastre, tener el mejor zapatero, vivir en un hôtel carísimo...; luego, esas niñas no están contentas si no se les regala todos los días, cuando las pulseras de diamantes, cuando el aderezo, cuando un reloj; ni yo puedo hacer alto en eso. En una palabra, tú conoces las mujeres, y sabes como yo que para ser querido...

SIMÓN: Sí, señor, sí, señor.

CONDE: Luego hay que ir a sociedades; estando en una sociedad es preciso jugar, y jugando es preciso perder, y perdiendo ya ves tú lo que se sigue; de suerte que yo, que ya necesitaba poco, tuve que volverme cuando mi contador, que hablando aquí para entre los dos, es un solemne pícaro...

SIMÓN: Sí, señor.

CONDE: Pero un pícaro que no puedo despedir, porque, como no es moda tomar uno mismo sus cuentas, después de robarme tiene la habilidad de probarme que todavía le debo dinero y favores; pues, señor, tuve que volverme cuando este tal me escribió que no había más fondos; que la mayor parte de mis bienes estaban en hipoteca; que de lo libre nada quedaba sino cuatro miserables majuelos que no dan al año vino para llenar una botella, y que los acreedores le agobiaban, y era preciso...

SIMÓN: Ya, ya entiendo.

CONDE: Luego esta maldita circunstancia de no poder uno hacer nada sin que todo el mundo lo sepa, ha hecho que la fama de mi ruina vaya siempre delante de mí a todas partes; de modo que el único medio que me quedaba de evitar una quiebra vergonzosa, que era el de enlazarme con otra de mi clase que repusiese mi casa, no hay que pensar en él; he reconocido mis asuntos, estoy cada vez más abrumado; con esto de no tener casa en Madrid, y estármela haciendo, tengo que estar en una fonda; he visto que es preciso un medio extraordinario para salvar mi honor; he tirado mis líneas por varias partes; éstos son unos comerciantes riquísimos; la madre es loca por brillar, y lo puede todo con su hija, como todas las madres; el padre es otra cosa; pero esto ¿qué importa? Al fin, es su marido, y sobre poco más o menos ya sabemos lo que mandan algunos maridos en su casa...

SIMÓN: Ya, ya; ¿y trataría vuestra señoría de casarse?

CONDE: ¿Y por qué no? Me parece que no soy el primero de mi clase...

SIMÓN: Nada, nada: vuestra señoría lo hace, bien hecho está. Pero entonces, hay más que presentarse cara a cara, porque estos que tienen dinero y son plebeyos darán todos sus caudales por un usía más o menos; son unos tontos, y no habían de rehusar...

CONDE: Ellas no; pero ya te he dicho que el padre es otra cosa; pensando yo como tú, con la esperanza de deslumbrarle, le escribí pidiéndole su hija...

SIMÓN: ¡Cáspita! de buenas a primeras. ¿Y qué respondió?

CONDE: Lo que no yo podía esperar; que le es imposible acceder a mis deseos, por estar comprometido con un tal Bernardo, hijo de un amigo suyo, don Benedicto Pujavante, de Barcelona, y que, aunque no le conocen, la chica está enteramente a su favor, por la fama de sus buenas prendas, y que no podía verse conmigo porque iba de caza.

SIMÓN: ¡Y que haya vuestra señoría sufrido ese bochorno! ¿Y ahora qué quiere vuestra señoría hacer con venir y entrar, si la chica tiene novio, si el padre no quiere...?

CONDE: Hay que mudar de plan; dime ¿te acuerdas tú de aquel hombre gordo que se quejaba tanto de su ojo y de su gota, que fue dos veces a verme en Barcelona, ahora a mi vuelta de París?

SIMÓN: Sí, señor, sí ¿pues no me tengo de acordar?

CONDE: Pues aquél es el tal don Benedicto, comerciante en tapices, con quien tenía yo asuntos de dinero, y conozco a él y a toda su casa de toda la vida; de su hijo Bernardo también tengo noticias; es de mi cuerpo; en

Barcelona quedaba cuando hemos venido; casualidad sería que viniese ahora mismo.

SIMÓN: ¡Calle! ¿Y sería posible...?

CONDE: Y muy posible, ya me has entendido. Ya ves que don Deogracias no está en casa en tres días lo menos; está de caza, como él mismo dice. Vengo, pregunto por las señoras; me presento, ya soy Bernardo; no tengas miedo, no me perderé; ya están prevenidas en mi favor, particularmente la chica; me tratan como novio; esta franqueza algo ha de producir; yo no soy despreciable y me fío en mis fuerzas: todo es que yo coja dos cuartos de hora favorables, y vuelvo el seso a la chica; no es mi primera conquista. Va a venir el padre, un momento antes me declaro a la madre; es loca, y éste es su flaco; en viéndome conde, no digo nada, la zalagarda que se arma en la casa; a esto se agrega que si la chica me quiere siendo Bernardo, ¿por qué no me ha de adorar siendo conde? Esto es cosa natural; y el padre gruñirá, y dirá... pero cuando vea que todo está hecho ¿qué ha de hacer? Ceder y soltar los millones del dote.

SIMÓN: ¡Sopla! El plan no es malo; pero ¿qué tiene que ver todo eso con haber esparcido la voz de la marcha, con ocultarse hasta de los criados?

CONDE: Sí, señor, los acreedores me rompen la cabeza; en los ocho días que hace que estoy de vuelta, apenas he ido a parte alguna; se hubieran echado encima, y hasta ver el resultado de esta intriga me conviene estar oculto; si concluye bien, con el dote empezaré a hacer algunos pagos, y ya es otra cosa; si no, buscaré otro medio; en el ínterin hasta el jockey, que me ha dejado en la posada de la calle angosta de San Bernardo, lo ha creído.

SIMÓN: Bueno, bueno; así ya tiene otro ver; pero me parece que vienen...

CONDE: Retírate, pues; déjanos solos.

(Sale SIMÓN. Llegan BIBIANA y JULIA).

BIBIANA: Pues tienes muy mal gusto: todo elegante debe tener deudas. Caballero, buenas tardes. (Bajo). Julia, ¡qué traza de hombre! ¡Qué figura tan ordinaria!

CONDE: Señoras, a los pies de ustedes. (¡Qué gesto!).

BIBIANA: (A los pies de ustedes, ¡qué vulgaridad tan vieja!). ¿Qué se le ofrece a usted?

CONDE: (No sé cómo empezar). Señora, creo que usted debe ser doña Bibiana.

BIBIANA: ¡Doña Bibiana! ¿De dónde viene usted ahora? Yo no soy doña Bibiana ni...

CONDE: (Calle; si me habré equivocado de casa; me parece que no). Señora, ¿no vive aquí don Deogracias de la Plantilla?

BIBIANA: Sí, señor, ¿y qué?

CONDE: Bien, y usted será su señora, doña Bibiana...

BIBIANA: Vuelta con doña Bibiana: ¡qué grosería! ¿No le he dicho a usted que ya no me llamo Bibiana? Me llamo Concha, y está usted muy atrasado...

CONDE: (¡Malo! Maldita equivocación; sin embargo...). Concha, es verdad, señora, disimúleme usted: acabo de llegar, traigo varias cartas de recomendación, y una muy interesante para una tal doña Bibiana, y traía este nombre en la cabeza; ¡pero qué tontera la mía! Mire usted si sabré cómo se llama usted; soy Bernardo Pujavante, y acabo de llegar de Barcelona. (¡Qué frialdad!).

BIBIANA: ¿Es usted don Bernardo?

CONDE: Sí, señora.

BIBIANA: (A Julia). Julia, ¡qué ocasión de venir!

JULIA: ¡Ay, mamá!

CONDE: Y deseando presentarme a ustedes, aunque sé que el señor don Deogracias... (No me escuchan).

BIBIANA: (A Julia). Si pudiéramos echarle; que no le viera Deogracias... ¿quién sabe si volvería atrás?... Voy a decirle que no está en casa.

CONDE: (¡Cielos! ¡qué recibimiento!). Como don Deogracias está...

BIBIANA: Caballero, mi esposo está fuera, y yo no acostumbro hacer sus veces nunca; puede usted volver pasado mañana, o el otro en ese caso... porque,l a verdad, aunque he oído hablar algo a mi esposo de un tal Bernardo, de Barcelona, ignoro qué asuntos puede tener con él, y no puedo sin su anuencia meterme en cosas que...

CONDE: (¡Malísimo!) Señora, ciertamente que no esperaba este recibimiento; ni creo que usted se halle ignorante de los planes de su esposo; además de esto, yo no he buscado casa en Madrid donde alojarme, porque contaba con ésta, como quien viene a ser yerno de don Deogracias.

BIBIANA: ¿Quién? ¿Usted? ¿Casarse con mi hija? Caballero, usted delira; ¿con el hijo de un tapicero? Cuidado que es imprudencia; he hablado muchas veces con mi esposo sobre el particular, y ciertamente, que no me ha dicho nada de semejante proyecto; ni es posible que una boda de esta clase... y en fin, sobre todo, en cuanto a casa, mientras mi esposo no esté en ella, me es imposible recibir a nadie. (Con esto se irá pronto; estoy en brasas).

CONDE: ¡Vive Dios! Señora, yo hablaré con don Deogracias: veremos si hablo de memoria; y pondré en conocimiento de mi padre el trato indigno que ustedes me han dado.

BIBIANA: ¡Qué grosería! Insultar todavía a la madre de la que quiere por esposa; vamos Julia, dejemos ahí a ese hombre. ¡Qué modales! ¡Qué diferencia de éste al conde! ¡Al fin, hijo de un tapicero!

(Sale BIBIANA)

CONDE: (¡Qué rabia! Si pudiera hablar a la hija). Señorita, señorita... ¿Usted también...?

JULIA: (No me gusta nada, pero me da lástima). Caballero, mamá tiene el genio bastante pronto, perdónela usted sus primeros ímpetus.

CONDE: Ah, Julia; no me ha engañado la fama que ha llegado de usted a Barcelona, y ciertamente que no se la puede ver sin comenzar a amarla.

JULIA: Déjeme usted. (¡Cielos! si viniera el conde). Déjeme usted, mamá está esperando.

CONDE: Y bien, ¿qué debo hacer? Usted considere el conflicto en que quedo.

JULIA: ¡Dios mío!; cierto... pero... ¿qué quiere usted que le diga? ¿No oye usted? Que me llama, ¡ay! allá voy.

CONDE: Julia, un momento todavía; ¿dónde la veré a usted? Prepare usted mejor a su mamá. Un momento. (Deteniéndola).

JULIA: No puedo; tenemos visita de cumplimiento; está ahí el conde del Verde Saúco: agur. (Sale).

CONDE: ¿Cómo? ¿El conde del Verde Saúco ha dicho usted? ¡Julia, Julia! (JULIA no atiende a la llamada del CONDE que queda solo en escena. Breve pausa).

¡Cielos! ¡Y que me suceda a mí esto! Por Dios que estoy lucido; pues el tal Bernardo tiene el campo a su favor; este hombre me ha engañado, fue una excusa. ¡Qué cólera! ¿Y en esta circunstancia qué hacer? Adiós esperanzas y dote. Pero ¿y este conde del Verde Saúco? Estoy curioso, mas... gente viene por aquí; ¿será acertado esconderme? Sí, tal vez oiré lo que deseo saber.

(El CONDE se oculta en el cenador. Llegan DON DEOGRACIAS, BERNARDO y PASCASIO)

DEOGRACIAS: (A Pascasio). Pues anda listo, que se va a cerrar la tercena; mira que estoy sin rapé. Que sea bueno, del de primera, y a casa de don Pedro con él, que allí te espero; y de lo otro, cuidado con chistar.

PASCASIO: Señor, está bien.

(Sale PASCASIO a cumplir lo que se le ha encargado).

BERNARDO: ¿Es posible? ¿Con que no era ficción? i Ah! i ah! iah!

DEOGRACIAS: ¿Qué había de ser? No, señor, duro sobre duro: ya ve usted que hemos empezado pagando bien el alquiler del nuevo personaje.

BERNARDO: La fortuna es que el mismo conde del Verde Saúco lo pagará...

CONDE: (Hablan de mí).

DEOGRACIAS: ¿Qué ha de pagar?

BERNARDO: ¿Pues no lo ha de pagar? Al momento que esto se acabe, bien o mal, le buscaré y le haré reconocer su deuda, y...

CONDE: (¿Qué deuda es ésta?)

DEOGRACIAS: No señor, no; aunque usted le cogiera por el cogote.

CONDE: (Para descubrirme en esta casa).

DEOGRACIAS: ¿No ve usted que es un hombre arruinado, un calavera...?

CONDE: (¡Bravo!)

DEOGRACIAS: En fin, es seguro que no pagará; a mí tampoco me importaría, como se lograse el objeto; pero si después mi mujer no cede, si mi hija Julia...

CONDE: (¿Es el padre? No tiene mal modo de estar en caza: ¡qué de engaños!).

BERNARDO: Pero hombre, ¿cómo le he de decir a usted que su hija me quiere?

CONDE: (¿Qué escucho?).

DEOGRACIAS: Sí, señor, le querrá a usted mucho...

BERNARDO: ¡Pues no me ha de querer! Yo me voy a descubrir a ella; yo no puedo pasar a sus ojos por lo que no soy...

CONDE: (¡Hola!).

DEOGRACIAS: ¿Volvemos a las andadas?

BERNARDO: Pero, señor, don Deogracias de mi alma, ¿hasta cuándo no he de ser yo el mismo que he sido toda mi vida?

DEOGRACIAS: Hasta mañana: no pido más tiempo.

BERNARDO: Pero ¿y qué pretende usted?

DEOGRACIAS: Sí, señor, pretendo todavía. Mire usted, venga usted acá, santo varón, no nos oigan. Esta noche, mi mujer me ha obligado a mí mismo a jugar, a perder, en fin, a echarla de elegante.

BERNARDO: Sí, acabe usted.

DEOGRACIAS: Bueno; pues esta noche fingiré irme con varios amigos, con el barón del Tahurete, ese truhán...

BERNARDO: Sí, señor.

DEOGRACIAS: Pero, se me olvidaba; en primer lugar usted no puede ir a esa sociedad tratando todavía de pasar por él.

BERNARDO: Adelante.

DEOGRACIAS: Ya ve usted que es imposible; dentro de un rato se despide usted, se va a donde quiera...

BERNARDO: Bueno, adelante. Usted, usted, ¿qué hace?

DEOGRACIAS: Pues yo, como le he dicho a usted...

CONDE:(Oigamos).

DEOGRACIAS: Finjo irme con ésos; no vuelvo por ellas, y cuando estén menos prevenidas... éste es el gran golpe, verá usted cómo esto debe hacer un grande efecto.

BERNARDO: Por Dios, adelante.

DEOGRACIAS: Aguarde usted, porque ésta es el alma del plan, es darle la última mano.

BERNARDO: ¡Dios mío! vamos.

DEOGRACIAS: Hombre, cachaza: ¿no nos oyen?

BERNARDO: No, señor, ¿qué han de oír? Ni un alma.

DEOGRACIAS: Pues, señor, entonces... Pero calle usted; mi hija.

BERNARDO: Por vida del plan...

DEOGRACIAS: Lo ve usted como hacía yo bien en irme con tiento; voy por mi caja, mientras que ustedes... allá...

BERNARDO: Don Deogracias...

DEOGRACIAS: Pero, hombre, si vuelvo.
(Sale)

CONDE: (Por Dios, que llevo adelantados mis asuntos, y no me será fácil salir de aquí).

JULIA: (Entrando) Señor Conde.

CONDE: (¡Conde!, ¡bravo!).

BERNARDO: ¡Ah, Julia! soy feliz; ciertamente que para el primer día que nos vemos hemos disfrutado algunas horas de la dicha de vernos juntos.

JULIA: ¡Ah! Si me fuera permitido creer que el conde del Verde Saúco me ama tan de veras como dice...

CONDE: (¿Qué oigo? ¿Del Verde Saúco?).

BERNARDO: Julia, ¿puede usted dudar de mi amor?

CONDE   (¿Y yo he de sufrir esto?).

JULIA: No; dudar, nunca; pero ¿qué sé yo? Metido en el gran mundo, en los compromisos de la alta sociedad, ¡qué pocos momentos puede usted dedicar a la memoria de su amada!

BERNARDO: Verdad es; muchos atractivos tiene el mundo; pero crea usted, Julia mía, que desde que la amo nada hay que pueda distraerme.

JULIA: Sí, lo creo; pero tengo cierto cuidado... dicen que usted es valiente: ¿ha tenido usted muchos desafíos?

BERNARDO: Señora, son compromisos inevitables; un hombre de mi categoría...

JULIA: ¡Inevitables! Dígame usted: si tuviese usted una querida...

BERNARDO: ¿Por qué lo ha de suponer usted, cruel, pudiendo usted asegurarlo? ¿No la tengo ya?

JULIA: Sea así, y diga usted, ¿en ese caso tendría usted valor?...

BERNARDO: ¿Quién lo duda? El honor...

JULIA: ¿De irse a matar?

BERNARDO: El Honor...

JULIA: ¡El honor! ¡Y para tener honor es preciso ser un bárbaro! Cruel, ¿y me quiere usted?

BERNARDO: Pero, Julia mía, usted misma me despreciaría si viese que era capaz de rehusar un lance de honor: ¿no es verdad?

CONDE: (No puedo sufrir más; yo le desafiaré. Pues he acertado en mudarme el nombre). (Saca una cartera y escribe con lápiz sobre una hoja que después rompe; deja la cartera olvidada sobre el banco para cerrar la esquela, se va escurriendo hacia la puerta hasta marcharse).

BERNARDO: ¿No responde usted?

JULIA: No me ama usted.

BERNARDO: ¡Julia mía!...

JULIA: Mire usted que viene mamá.

BIBIANA (entrando): Sigan ustedes; parece que el señor conde es tan amable como dicen.

JULIA: Mamá, no sé por qué dice usted eso.

BERNARDO: Su mamá de usted goza siempre de muy buen humor.

BIBIANA: ¿Y no puedo tomar parte en lo que ustedes hablaban?

JULIA: Sí, por cierto; decía al señor conde que no me gustan algunas modas como los desafíos.

BIBIANA: Julia, no me parece que es ésa la educación que te he dado; no haga usted caso, señor conde; es una niña...

BERNARDO: Señora, dice muy bien. (¡Qué vergüenza! Hacer este papel a sus ojos).

JULIA: Pero, mamá, los desafíos... Aquí viene papá, verá usted cómo es de mi opinión.

(Entra don DEOGRACIAS en escena)

JULIA: Papá, llega usted a tiempo.

DEOGRACIAS: Di, hija mía, ¿para qué?

JULIA: Dígame usted; si tuviera usted una querida y le desafiasen, ¿tendría usted valor de dejarla, y...?

BIBIANA: (Bajo a don Deogracias). ¡Bruto! no vayas a decir alguna gansada... mira que está delante el señor conde.

BERNARDO: La verdad, don Deogracias.

DEOGRACIAS: (Es fuerza disimular).

JULIA: Papá, ¿lo piensa usted tanto?

DEOGRACIAS: Hija mía, te diré, un hombre fino, de cierto nacimiento, no puede rehusar esos lances de honor, y antes morirse que entregar la carta; yo creo que el señor conde pensará como yo.

BIBIANA: (Ya se va civilizando).

JULIA: ¿Lo cree usted así? ¿De veras?

DEOGRACIAS: ¿Y por qué no? Un hombre bien nacido...

JULIA: ¡Maldito nacimiento!
 (entra el criado SIMÓN con una esquela en la mano)

DEOGRACIAS: ¿A quién busca usted?

SIMÓN: ¿El señor conde del Verde Saúco está aquí?

BERNARDO: (¡Qué nueva diablura! Don Deogracias...)

DEOGRACIAS: (Bajo a Bernardo). Responda usted. (Si será otro sastre).

BERNARDO: ¿Qué tenía usted que mandarme?

SIMÓN: ¿Es usted?

BERNARDO: Sí, señor; ¿no me ve usted?

SIMÓN: Efectivamente. Se me acaba de dar esta esquela para entregarla a usted en propia mano, y con la mayor prontitud posible.

BERNARDO: (La toma). Cierto...«Al conde del Verde Saúco...» (Alguna entruchada del padre). (A don DEOGRACIAS, bajo). Esto es también del plan...

DEOGRACIAS: (¡Puede! Vamos que el muchacho me ayuda, y sin decirme nada).

JULIA: ¡Dios mío! lo que me dice el corazón. Señor conde, ¿me permite leérsela...?

BIBIANA: ¡Julia; pero, niña...! ¿ha visto usted? ¡qué grosería! ¿Dónde se ha visto...?

JULIA: Mamá, si es un favor... nada más... se lo pido a usted.

BERNARDO: Déjela usted; yo no puedo negarle a usted nada. (Sea lo que fuere).

JULIA: ¡Ay, y qué de prisa se conoce que lo han escrito! y está con lápiz. (Lee). «Señor conde, le supongo a usted un caballero; en esta inteligencia otro caballero, a quien ha ultrajado, le pide una satisfacción...». ¡Dios mío! mi corazón me lo decía. (Se apoya sobre el hombro de su madre, llorando).

BERNARDO: ¿Una satisfacción? Deme usted, cierto; y en el café de... a las... ¿Yo?

DEOGRACIAS: (¡Bueno! a mí se me había olvidado un desafío; era indispensable: por eso traería él la conversación).

BERNARDO: (A SIMÓN). ¿Quién le envía a usted? Porque esta firma...

SIMÓN: Señor, lo ignoro.

BERNARDO: (¡Bah, bah, bah!) (A don DEOGRACIAS, bajo). Don Deogracias... aquella maldita interrupción del plan... pero ya estamos al cabo de la calle, ¿eh?

DEOGRACIAS: (Sí, que no hubiera dado en ello; pues lerdo es el niño).

BERNARDO: (Es mucho don Deogracias). Pero, ¡Dios mío! Julia...

JULIA: Déjeme usted... Desde que hablábamos parece que me tocaba Dios en el corazón.

BIBIANA: Hija mía...

BERNARDO: Pero esto no es nada; yo estoy muy acostumbrado a estos lances; esto es una bagatela, un rasguño, un ojo menos.

JULIA: ¡Un ojo menos!

BERNARDO: Pues, un ojo menos y unas botellas. (A Simón). Bien, está bien; dígale usted al sujeto que no faltaré.

JULIA: ¿Cómo tiene usted atrevimiento? Papá, ¿y me abandona usted?

DEOGRACIAS: Hija mía, es preciso dejar correr las cosas; ya te casarás con el señor, pero primero es indispensable que se vaya a romper la cabeza con el insultado; las leyes del honor así lo exigen; el señor conde no es un cualquiera.

BERNARDO: Julia, crea usted que esto no es nada; yo no soy un cobarde.

DEOGRACIAS: Efectivamente, señor conde, y parecería muy mal que por una niña se dejase usted silbar por sus iguales: debe usted romperse, no digo yo su cabeza, pero mil si las tuviera: es una moda muy puesta en razón... y tal vez será porque le haya usted quitado la acera; ¡oh! sí, sí; en este caso, ¿cómo puede evitarse el lance? Y si yo no tuviera prisa, pero es tarde para mí...; yo mismo sería su padrino.

BERNARDO: Pero ¿se va usted?

JULIA: ¡Papá!

DEOGRACIAS: Pero ¿qué quieren ustedes que haga yo? Al momento vuelvo a comer y saber el éxito.

JULIA: Deténgale usted; ¿es posible que sea yo tan desgraciada? ¡Ah, maldito honor!

BERNARDO: Don Deogracias, don Deogracias... ya es tarde; corre como un muchacho. Pero Julia, no se aflija usted, tal vez no se realizará; si es costumbre bárbara, los que la tienen procuran suavizarla; estas cosas son menos de lo que parecen... (A doña Bibiana). Señora, le dejo a usted este sagrado depósito y marcho a mi obligación.

JULIA: ¡Mamá! ¡Ay, se va y todos le han dejado ir! ¡Dios mío! ¿qué le irá a suceder?

BIBIANA: Vamos, niña, ¿qué le ha de suceder? Te vas haciendo muy imprudente; mire usted si no ha de ir a un desafío; ¿pues hay cosa más racional? Pues si antes el conde ha insultado al otro, ¿para repararlo y desagraviarle no le ha de romper después la cabeza? Ven, te echarás, ¡Francisco! ¡muchacha! Ven, hija mía; sosiégate, bebe un poco de agua y vinagre; eso no es nada; un desafío es para un elegante el pan nuestro de cada día.

(Lentamente cae el telón, mientras BIBIANA atiende a su hija)

ACTO CUARTO

(En escena, BERNARDO y FRANCISCO)

BERNARDO: ¡Hola, Francisco!

FRANCISCO: Señor.

BERNARDO: ¿Ha vuelto ya don Deogracias?

FRANCISCO: Y ha vuelto a salir.

BERNARDO: ¿Vendrá pronto?

FRANCISCO: Me parece que no, porque al salir dijo que se iba a la lonja de ultramarinos, y allí ya se sabe, una hora, lo menos.

BERNARDO: ¡Qué hombre! cierto que es calma. ¿Y las señoras?

FRANCISCO: La señorita está mejor. Cuando vuestra señoría se fue, se echó, no quiso comer; pero después tanto le dijo su madre, que fue preciso levantarse y emperejilarse... y en el tocador están disponiéndose para la noche.

BERNARDO: Bueno, vete; cuando venga don Deogracias, si no entra por aquí, avísame.

FRANCISCO: Bien está. (Sale)

BERNARDO: Es mucho don Deogracias; vea usted, y parece un pobre hombre; ¿quién había de decir que había de ingeniarse tanto? Porque es innegable que la ocurrencia de crear un desafío es excelente; ello mi trabajo me ha costado hacer bien mi papel con aquel ángel; aquellas lágrimas me partían el corazón, porque, aunque tengo honor y no soy cobarde, no veo esa precisión de matarse a cada instante por un quítame allá esas pajas. ¿Pero quién es?

CONDE: (Entrando). (¡Aquí está mi hombre!).

BERNARDO: (Estoy azorado con la parte que falta del plan, que todo se me antoja nuevas invenciones).

CONDE: Caballero, palabra.

BERNARDO: (¡Qué diablo de hombre!).

CONDE: Usted es el señor conde del Verde Saúco?

BERNARDO: (¡Cáspita! yo no salgo de aquí: fuera no hago este papel; es cosa de don Deogracias; y sin avisarme...)

CONDE: Caballero, ¿oyó usted que le hablé?

BERNARDO: ¡Ah, sí! Perdone usted, estaba destraído.

CONDE: Pregunto si tengo el honor de hablar al señor conde del Verde Saúco.

BERNARDO: Sí, señor, yo soy.

CONDE: Muy señor mío (tengo de apurarle): en ese caso, ya podremos hablar. ¿Habrá usted recibido una esquelita?

BERNARDO: Sí, señor. (Esto me huele mal; a ser broma, ¿a qué seguirla...?)

CONDE: ¿Y bien?

BERNARDO: ¿Qué?

CONDE: Se le citaba a usted. (Es cobarde y puedo gallear)

BERNARDO: Sí, señor.

CONDE: (Apuradillo está). ¿Y bien?

BERNARDO: ¿Qué?

CONDE: Que usted no ha asistido.

BERNARDO: Verdad que no.

CONDE: Y entre hombres de honor, debe usted saber que... ¿eh?

BERNARDO: (¡Diantre!). Cierto pero un compromiso... Si usted gusta, podemos...

CONDE: No, señor, ¿para qué? Yo soy un hombre despreocupado; yo riño en cualquier parte; me parece que ese jardín... (Con eso lo oirán en la casa, no reñiremos, y le descubriré).

BERNARDO: Hombre, ¡aquí! Esta no es mi casa.

CONDE: Sí, señor, aquí; desde todas partes hay la misma distancia al otro mundo... Veamos.

BERNARDO: Hombre...

CONDE: (Ya le tiemblan las pantorrillas).

BERNARDO: (Se levanta). Este empeño de que ha de ser aquí... (Vaya, eso es broma; las pistolas no están cargadas sino con pólvora, y don Deogracias quiere hacerlo a lo vivo y que oigan el ruido).

CONDE: Extraño mucho que todo un hombre como usted parezca abrigar unos sentimientos tan cobardes.

BERNARDO: ¡Yo cobarde...!

CONDE: Pues vamos; si mientras más lo piense usted, peor le ha de parecer.

BERNARDO: Pero venga usted acá; porque la verdad, a usted don Deogracias no le habrá pagado para que me... Y para nuestro plan, aunque yo sepa que no tienen más que pólvora, ya ve usted que eso... en no sabiéndolo ellas...

CONDE: (Ya se entrega). ¿Qué habla usted? ¿Yo pagado? Ese es un insulto; señor conde, defiéndase usted.

BERNARDO: (Por Dios que es lance; esto no es broma; este es un asunto del verdadero conde; más sencillo es decirle que no soy el conde).

CONDE: Vamos, a batirse.

BERNARDO: Pues, señor, camina usted bajo un supuesto infundado.

CONDE: (Ya vomita, pero no le ha de valer; tengo que descubrirle). ¿Cómo?

BERNARDO: Sí señor (no escuchen); yo no soy el conde ni...

CONDE: Señor conde, ¿quién lo hubiera pensado de usted? ¡Añadir a la cobardía la bajeza de negarse! ¿No es usted el conde? El miedo...

BERNARDO: El miedo, no le conozco, pero hable usted bajo; no lo soy; tengo motivos... en fin, mañana a estas horas le diré a usted...

CONDE: ¿Cómo, usted quiere escaparse? Pero veremos si es usted el conde: aquí en esta casa le conocen a usted; veremos si delante de ellos sostiene usted...

BERNARDO: (¿Qué va a hacer?) (El conde va a llamar). Este hombre me descubre. (Va hacia el conde, le detiene y muda de tono, amenazándole siempre y sujetándole). Venga usted acá; soy el conde; sí, señor, nos batiremos, y, sobre todo, aquí, hablar bajo, o si no...

CONDE: ¿Cómo? ¿Usted?

BERNARDO: Chitón, vamos bajando el tono. Si hasta ahora, por motivos particulares, le he parecido a usted un cobarde, sepa que no lo soy; nos batiremos, pero sepamos con quién.

CONDE: (Malísimo). Señor, eso no es preciso.

BERNARDO: Indispensable, y pronto.

CONDE: (Es fuerza fingir, porque mi deuda... y este hombre no es el mismo).

BERNARDO: ¿Eh? ¡vamos!

CONDE: (¿Qué pierdo? Bernardo y más Bernardo, que para él es como no decirle nadie).

BERNARDO: ¡Vamos!

CONDE: Pues, señor, no me conocerá usted tal vez ya; sin embargo, yo soy de Barcelona, me llamo Bernardo Pujavante.

BERNARDO: ¿Qué oigo? ¿Usted Bernando Pujavante? ¡Qué es esto!... ¡ah, ah, ah! (Con sangre fría). ¿Con que es usted Bernardo?

CONDE: Sí, señor.

BERNARDO: Mire usted lo que usted dice; sabe usted que ese tal Bernardo le conozco yo, y...

CONDE: ¿Usted?

BERNARDO: Yo, y no se le parece a usted en nada.

CONDE: ¡Bravo!

BERNARDO: Ese Bernardo no es un elegante, no desafía, no dibuja con un florete; pero es un hombre que tampoco se deja insultar de nadie.

CONDE: ¿Se atreve usted?

BERNARDO: Sí, señor, a usted; ¿y por qué? Y ahora mismo he de saber quién es usted, ahora, o va usted a contarlo donde...

CONDE: (Buena la he hecho; ¡que le haya yo apurado!).

BERNARDO: Se da usted prisa, o...

CONDE: Señor, la verdad; hablemos claros, yo no soy Bernando; pero hágase usted cargo de la razón, porque yo me inclino a creer que usted no es tampoco quien dice, y entonces...

BERNARDO: Eso no es del caso, y...

CONDE: Pero, la verdad...

BERNARDO: Dígame usted pronto quién es; yo soy el conde del Verde Saúco.

CONDE: Pues, señor, entonces, si no me deja usted ser Bernardo, no soy nadie.

BERNARDO: ¿Cómo?

CONDE: Porque yo, es verdad que no soy Bernardo, pero he creído siempre ser el conde del Verde Saúco; dispénseme usted.

BERNARDO: ¿Quién, usted?

CONDE: Señor, si usted no quiere... pero aquí tengo papeles que...

BERNARDO: ¡Ah, ah, ah! Pues, señor, es chistoso.

CONDE: Cierto, es preciso confesar que es un lance chistoso.

BERNARDO: Pero usted con el nombre de Bernardo, ¿qué objeto?... Yo necesito saberlo.

CONDE: ¡Ah, ah, ah! Aquí no hay más que franquearnos uno con otro; beberemos unas botellas.

BERNARDO: No pienso en eso, porque yo necesito ser conde todavía algún tiempo, a lo menos en esta casa, y yo a usted nunca le daré más satisfacción que ésta.

CONDE:¡Qué disparate! Yo soy un amigo de usted.

BERNARDO: Pues yo no lo soy de usted porque no hay motivo.

CONDE: Vaya, vaya, esto es mejor echarlo a broma, y confesemos...

BERNARDO: Señor mío, usted hará lo que yo quiera, pero gente viene; sálgase usted y chitón y cuidado con venir aquí a hablar una palabra, y mucho menos a echarla de conde sino cuando yo lo mande.

CONDE: Pero, señor, esto...

BERNARDO: Y mañana a las seis en punto en la Puerta del Sol; necesito saber de usted varias cosas, agur.

CONDE: ¡Y que me deje yo insultar! ¡Estoy lucido!

(Sale el CONDE y llega JULIA con una palmatoria en la mano)

JULIA: ¡Ay! me he dejado aquí mi pañuelo y mis guantes: sí, cierto, aquí están; ¿cómo los había de encontrar? Pero ¿quién está aquí?

BERNARDO: (Julia; ahora me preguntará, y yo me canso de fingir).

JULIA: ¡Ah! ¿era usted, señor conde? Dígame usted, ¿qué ha resultado? ¡Cómo me tiene usted!

BERNARDO: (¿Qué la he de decir?) Nada, amable Julia; lo que le dije a usted, se echaron suertes, tocó a mi contrario tirar primero; pero por fortuna no salió el tiro y saltó la piedra; yo no quiese tirar, y los padrinos se interpusieron.

JULIA: ¡Qué gozo! ¡Y ha tenido usted valor de asustarme y hacerme llorar, ingrato!

BERNARDO: Julia, perdóneme usted si...

JULIA: Que le perdone... Sí, sólo con dos condiciones, y le perdono a usted; pero jure usted cumplirlas.

BERNARDO: ¿Y duda usted?

JULIA: Júrelo usted.

BERNARDO: Sí, lo juro.

JULIA: Me ha de decir usted primero quién es el agresor; segundo, por qué.

BERNARDO: ¡Cielos!

JULIA: Yo lo entiendo; ¿no quiere decirlo?

BERNARDO: Bien quisiera, pero me es imposible.

JULIA: ¿Imposible?

BERNARDO: Los hombres de mi clase solemos tener a veces pendientes cinco o seis asuntos de esta especie, y no saber...

JULIA: ¿Cinco o seis? Señor conde, ¿y en siendo su esposa de usted hará usted lo mismo?

BERNARDO: Siempre seré el mismo, y no podré...

JULIA: ¿Y no puede usted dejar...? Deje usted de ser conde, o no cuente usted más con mi amor.

BERNARDO: (¡Cielos! ¡qué ocasión!) Julia, créame usted que lo que voy a decirla, y perdóneme usted si la he ocultado hasta ahora...

JULIA: Ya, ya lo entiendo; no diga usted más; usted me ocultaba la causa de este lance; traidor, sin duda alguna otra pasión...

BERNARDO: ¡Yo traidor, otra pasión!

JULIA: Pues dígame usted.

BERNARDO: Julia, ¡otra pasión! Yo mismo quiero creer que es algún amante de usted ofendido; sí, no tiene duda.

JULIA: ¿Qué dice usted? ¿Qué señas tiene?

BERNARDO: (¡Hola!) De mi estatura, más alto, ojos negros, gran patilla...

JULIA: Un frac de color, algo usado, guantes verdes.

BERNARDO: Sí, el mismo; y espolines en las botas.

JULIA: Él es, él es.

BERNARDO: ¿Le conoce usted, Julia? ¿Quién es?

JULIA: No se ha de enfadar usted conmigo...

BERNARDO: ¿Yo, Julia, con usted...? Cuente usted.

JULIA: Señor conde, ese era un joven con quien tenía papá tratada mi boda antes de conocer a usted; llegó usted, y todo se desvaneció. Él estaba fuera; ni aún le conocíamos, pero con la esperanza de mi mano llegó esta mañana; mamá, a quien se presentó, porque papá no le viera, le echó con cajas destempladas, se quejó a mí, me cogió la mano, me habló...

BERNARDO: Concluya usted, ¿cómo se llama?

JULIA: Bernardo Pujavante.

BERNARDO: ¡Bernardo! (Ya lo entiendo: ¡infame conde!)

JULIA: ¿Qué, se inquieta usted? Me habló; pero se lo juro a usted, le aborrezco; es grosero, ordinario... ¡qué diferencia de Bernardo a usted! En fin, si cien veces viniera Bernardo a pedirme, si papá se empeñara, si el mundo entero se pusiera de su parte, yo firme le negaría mi mano, perecería, sufriría mil muertes antes que faltar a la fe que debo al conde del Verde Saúco: ¿no me cree usted?

BERNARDO: (Distraído). (Él la quiere; ha tomado mi nombre como yo el suyo; pero ¿cómo ha podido saber que yo...?).

JULIA: Créame usted, sí; yo misma le desprecié, le dejé solo; y tal vez él ha averiguado después, le habrá visto a usted entrar y salir...

BERNARDO: Sí, sin duda; estoy loco, loco; Julia, voy a ver a don Deogracias: Julia, téngame usted lástima.

JULIA: ¡Pero qué! ¿Qué tiene usted? ¡Necia de mí! ¿Qué le he contado? ¿Será posible?

BERNARDO: Julia, adiós; volveré, pero, créame usted, de otro modo. (Vase).

JULIA: ¡De otro modo! ¡Dios mío! ¡Señor conde! ¿Qué es lo que me pasa? (Se arroja encima del banco de césped y tropieza con la cartera que el conde dejó). ¿Qué es esto? Una cartera... del conde, sí; pero mamá viene, es fuerza guardarla.

(Entra en escena BIBIANA)

BIBIANA: Pero, hija mía, ¿para buscar unos guantes tanto tiempo? ¡Válgame Dios...! ¿qué tienes? ¿Lloras? ¿Qué te sucede?

JULIA: ¡Ah! Mamá, ¿no sabe usted...?

BIBIANA: ¡Qué! ¿Has sabido algo del desafío? ¿Ha muerto? ¿Salió herido? ¡Ay Dios mío! ¡Qué desgracia! ¡Maldita elegancia! ¡Maldita moda! ¡Hija mía!

JULIA: Mamá, sosiéguese usted; no es eso, no; ha salido bien.

BIBIANA: ¿Qué dices? Respiro; ni una gota de sangre me había quedado en todo el cuerpo; ya ves, una boda como ésta; casarte con el primer elegante de Madrid, si me debía asustar; pero di, ¿qué es ello? ¿Te quería engañar? ¿Era un bribón?

JULIA: Mamá...

BIBIANA: ¿Trata de deshacer la boda? ¿No quiere casarse ya? ¡Ay Dios mío!

JULIA: Pero, mamá, si...

BIBIANA: ¡Haya picarón! después de pedir tu mano volverse atrás; ¿pero por qué, por qué ha sido todo esto? Si eres una necia tú lo habrás echado a perder; ¿con que es decir que nos ha engañado?

JULIA: Pero, mamá, ¡por Dios! déjeme usted; si no es eso. ¡Qué engaño ni qué nada! ¡Si no es eso!

BIBIANA: Hija mía, ya ves tú lo que les pasa a otras; es preciso un ten con ten... Vamos, ¿y qué fue?

JULIA: Mamá, Bernardo, Bernardo...

BIBIANA: ¿Dónde está? ¿Qué ha hecho?

JULIA: Es él que ha desafiado...

BIBIANA: ¡Atrevido! ¿Al señor conde?

JULIA: Sí, señora, y yo he tenido la imprudencia de contarle al conde lo que había pasado, y ha creído sin duda que yo le he querido.

BIBIANA: ¿Le has contado...?

JULIA: Fue inevitable; y si viera usted cómo se puso, loco, furioso; se fue diciendo que iba a papá...

BIBIANA: ¿A tu padre? Y a la hora de ésta sabrá... Si le puediera prevenir... Sí, ya le contaré lo que pasa; yo, yo misma desengañaré al conde; será un infierno la casa, sí señor, y mi marido lo sabrá, ya, y nos lo estará callando; tal vez él mismo le protege; aquí viene: vete al almacén, déjame sola con él.

(Sale JULIA y entra DEOGRACIAS)

BIBIANA: Ven acá, ven acá; ¿qué es esto que pasa en casa? Tú piensas engañarme, pero no lo lograrás; quítatelo de la cabeza, no se ha de hacer tu gusto; ¿callas? Ya te entiendo, responde.

DEOGRACIAS: En buena hora he venido; pero, mujer, ¿qué es ello? ¿Yo engañarte?

BIBIANA: Sí, señor, tú; ¿con que está aquí Bernardo?

DEOGRACIAS: (¡Qué oigo! Sabe ya que es Bernardo). Pero, mujer, ¿cómo? (¡Adiós plan!).

BIBIANA: ¿Pues qué, piensas que yo no sé nada? Y tú también lo sabías; di, di que no.

DEOGRACIAS: (Este maldito se habrá descubierto, por fuerza). Es verdad que lo sabía; pero...

BIBIANA: ¿No digo yo? Pues mira, Deogracias, hablemos claros; precisamente como se porta tan bien, presentarse así... con ese descaro...

DEOGRACIAS: (¿No digo yo que se ha descubierto?).

BIBIANA: Insultando a todo el mundo; eso es burlarse.

DEOGRACIAS: (No hay sino tener paciencia). Pero, mujer, tanto delito es... si él no quisiera a la chica, no hubiera procedido así... ¿no ves que el mismo amor le ha obligado a hacer todo eso?

BIBIANA: Todavía le disculpas; ya está visto que nunca convendremos en este punto; ¿y a qué engañarme y hacerme creer...? Vaya, yo... en una palabra, toma tu determinación, o despide a Bernardo al momento o ni cuentes con tu mujer ni con tu hija: ella le aborrece ahora más que nunca; le ha despreciado a él mismo.

DEOGRACIAS: ¿A él mismo? ¡Pobre muchacho!

BIBIANA: Sí, a él mismo, sí; con que haz lo que gustes; pero no lograrás nunca que tu hija se case con ese hombre, por más astucias y por más engaños que fragües... (Vase).

DEOGRACIAS: ¡Bibiana! Esto no tiene remedio, se fue: ¡si es una furia! Y yo quisiera enfadarme, pero soy un pobre hombre. (Breve pausa). La hemos hecho buena: todo mi proyecto por tierra, y en el ínterin mi mujer gastando y triunfando. No, pues el resto de mi plan se ha de hacer; yo no quiero de la noche a la mañana encontrarme sin un cuarto, disipados mis caudales, no señor; yo guardaré mi oro, yo pondré orden en mi casa: ya que se frustró la boda con ese pobre muchacho, a lo menos no se perderá todo. Pero ¿este imprudente cómo lo habrá hecho? Y se lo dije yo... más él nada, empeñado en descubrirse; pero aquí viene mi hija; me irrito al verla; voy, voy a buscarle; él me dirá... o a lo menos le consolaré, ¡qué afligido debe estar! (Vase).

(Tras breve pausa, entra en escena JULIA)

JULIA: Nadie hay aquí; ¡en ese almacén maldito hay tanta gente...! Y yo deseando ver mi cartera; del conde es... ¡qué bonita!
Veamos. (Lee). «Cinco mil reales de tílburi, que no puedo pagar todavía». Otra deuda, y el tílburi le debe; ¡ah, qué poco me gusta este carácter...! Si me caso con él, yo le corregiré, sí. «Ocho mil reales a la fonda»; ¡más deudas! ¡Dios mío! una carta... ¡qué es esto! «Amada Josefina»... ¡cielos! si me engañará; la fecha es de hoy.«Amada Josefina: Disipa tus sospechas infundadas; es verdad que te he confesado mi plan de boda con la Julia, y que la he pedido; pero ni en esto hay amor, ni siquiera inclinación, sólo una razón de conveniencia; mis asuntos lo exigen, su dote es crecido; en fin, desengáñate, y vuelvéme tu cariño; tú misma, cuando me haya casado, y me veas más constante contigo que nunca...»¡Infame! (Cae sobre el sillón y desciende rápidamente el telón).

ACTO QUINTO

(En la casa de don DEOGRACIAS. Han pasado unas horas desde el acto anterior. Está amaneciendo un nuevo día).

(En escena el criado PASCASIO)

PASCASIO: ¡Qué embajada! enviarme el conde del Verde Saúco, mi antiguo amo, un recado para que busque una cartera... Sí, dice que por aquí... pues no está; y que dé esta esquela a mi amo...; y cuánta cosa me ha dicho, que ya no necesita casarse, que su tía acaba de expirar, que hereda qué sé yo cuánto, y luego que mi amo don Deogracias se ha arruinado esta noche jugando. ¡Jesús! ¡Jesús! ¡Qué de enredos y misterios, vaya! Y lo cierto es que van a dar las seis y mis señores no han venido a recogerse; pues nunca les sucede... pero aquí están.

(Se oyen voces. A poco entra en escena don DEOGRACIAS)

DEOGRACIAS: Vamos, que ésta no parece sino una casa de orates: ¡qué desorden! Todo abierto, nadie recogido al amanecer todavía, ni aquí hay un alma. Señor, señor, si concluiremos de una vez; ¿este Bernardo dónde estará? Por más que le he enviado a buscar, no parece desde ayer tarde; ello es preciso que yo le instruya de todo. (Percatándose de la presencia de Pascasio). ¿Qué quieres?

PASCASIO: Señor, acaban de darme esta carta para usted.

DEOGRACIAS: Bien, anda con Dios; abre y barre el almacén: temprano empieza hoy la correspondencia, a estas horas... «A don Deogracias, etc..., el conde del Verde Saúco»; ¡otra! ¡Qué pesado es el tal señor! ¡Si volverá a insistir!... pues yo bien claro hablaba en la mía... ¡Eh! luego la leeré, no estoy para perder tiempo, ¡Francisco, Francisco!

FRANCISCO: (entrando): Señor.

DEOGRACIAS: ¿Y mi mujer y mi hija, han vuelto ya?

FRANCISCO: No, señor. Quien ha estado hace un momento ha sido el señorito que almorzó aquí ayer... tan elegante.

DEOGRACIAS: ¿Sí, y qué?

FRANCISCO: Mucho le incomodó no encontrarle a usted en casa; dice que ha corrido buscándole toda la noche; que ha oído decir qué sé yo qué cosa de ruina y pérdidas en el juego, y... venía asustado.

DEOGRACIAS: Calla (¿el también lo ha creído?) ¿y se fue?

FRANCISCO: Dijo que tenía una cita a las seis con un conde o marqués... o qué sé yo, pero que volvía al momento.

DEOGRACIAS: ¡Bueno! pues ahora lo que corre más prisa es buscar a tus señoras; voy a ver si están todavía en casa del barón de la Palma, que parece que se las llevó para consolarlas. Veremos qué tripas les ha hecho la noticia de mi ruina; pero aquí vienen ya, vete; ¡buena mosca traen!.

(Francisco atiende a las voces que se dejan oír por la parte del almacén y abre la puerta de comunicación por donde entran Doña BIBIANA y JULIA; el criado sale de escena después defranquearles la entrada).

BIBIANA: ¡Jesús, Jesús, qué noche! parece que estaban conjuradas todas las sotas contra mi bolsillo. ¿Pero es posible que tú también...? Pues si veías que yo no tenía,fortuna ¿por qué te fuiste a jugar?...

DEOGRACIAS: Esas reconvenciones son inoportunas, llegan muy tarde; tú misma sabes que nunca había cogido un naipe; tú con esa maldita manía me has llevado al precipicio, porque era el jugar de elegantes; tú me has arruinado de mil modos; los criados, las libreas, el coche para todas partes, los vestidos, los brillantes, las esquelas impresas hasta para dar parte de si íbamos a paseo, los convites, los bailes, los ambigús, en que todo Madrid se ha reído de nosotros; en fin, cuanto ha podido atraernos, juntamente con nuestra ruina, el desprecio de nuestros iguales, la indignación de nuestros superiores y la mofa y las hablillas del pueblo entero. Ya no tiene remedio, volveremos a empezar a los cincuenta años, si el ridículo que nos hemos echado encima no nos hace morir de vergüenza.

BIBIANA: ¡Pero qué! ¿Estamos enteramente arruinados? No es posible.

DEOGRACIAS: Ya te lo he dicho, hasta el almacén; en fin, no nos queda más que nuestra vanidad.

JULIA: ¡Ah, mamá, cuántas veces le decía yo a usted «no juegue usted!».

BIBIANA: ¿Y qué, querías que yo no jugara? ¿Qué importa? Tú nada habrás hecho, ni harás; yo me fui en este conflicto a casa del barón de la Palma; allí he escrito tres esquelas contando nuestra situación a la marquesa del Clavel, al barón de Baraundi y al duque del Término, y estoy segura de que nos adelantarán... Conozco demasiado su amistad, y si ayer perdimos, otro día ganaremos.

DEOGRACIAS: Así empiezan los caballeros de industria.

BIBIANA: Vamos, vamos a ver si vuelve ese lacayo de la marquesa que envíamos a las tres partes.

(Salen de escena las dos mujeres. Breve pausa)

DEOGRACIAS: Tú verás la respuesta de esos marqueses; pero a propósito de personajes, ¿qué me querría el bueno del conde con esta nueva carta? Veamos. «Señor don Deogracias, es preciso confesar que me he divertido con usted; ¿con que se ha creído que un hombre de mi clase se hubiese de humillar hasta enlazarse con uno de la suya? Han variado las circunstancias, y estoy mucho más en el caso de despreciar a usted que en el de solicitar su amistad. Cuide usted de sus fardos... etc., etc.».
¡Ah, ah, ah! cierto que me importa mucho que el señor conde me desprecie; pero ahora que me acuerdo, ¡ah! si no se hubiera descubierto este infeliz Bernardo, ¡qué ocasión! ¡Qué carta! Ésta se la achacaría yo a él, como escrita después de haber sabido nuestra ruina: ¡oh, cómo le maldeciría, y entonces qué ocasión de descubrirse! pero aquí están.
(Vuelven a escena madre e hija visiblemente cariacontecidas)

BIBIANA: ¿Quién lo había de pensar de tanta amistad?

DEOGRACIAS: ¡Qué! ¿Han venido las contestaciones de esos amigos tuyos?

BIBIANA:	¡Oh! sí nunca les hubiera escrito: mira tú, llamándome la marquesa del Clavel «la señora comercianta», y el duque del Término: «dígale usted a la tendera», y que lo sienten mucho; ni se han dignado contestar. ¡Dios mío! ¡qué ignominia!

DEOGRACIAS:	Ya me lo figuraba yo eso... (Esto va a las mil maravillas).

BIBIANA:	¡Infames!

JULIA:	¿Qué es eso que nos sucede?

BIBIANA:	Aún nos queda una esperanza.

DEOGRACIAS:	¿Cuál? Ya te entiendo; gracias a este escarmiento, ya pensarás con más juicio. Bernardo tal vez.

BIBIANA:	¿Quién? ¿Bernardo? ¿Vuelves a tu porfía? No ha de ser ese, no señor. El conde del Verde Saúco; ése quiere de veras a mi hija, aunque te pese; ése nos sacará de este apuro.

DEOGRACIAS:	¿Quién? ¿El conde del Verde Saúco?

JULIA:	(¡Dios mío! ¡En qué ocasión! Yo le aborrezco).

BIBIANA:	Ése es el único...

DEOGRACIAS:	(¿Qué es esto? ¿Sí habrán visto al verdadero conde? El la quería, es cierto; ayer noche no estuve con ellas, y, como ya habían descubierto a Bernardo, le admitirían; él las obsequiaría, y esta última carta la escribiría después de saber mi ruina; de cualquier modo que sea, nada arriesgo en enseñarla).

BIBIANA:	¿Qué piensas? ¿Qué dices?

DEOGRACIAS:	Mujer, no quería hablarte de esto; pero mira una carta que acabo de recibir del conde. (No hay remedio, le han conocido esta noche, no se habrá marchado; claro está que no, cuando me escribe).

JULIA: ¡Dios mío! ¡Añadir la infamia a la traición!

BIBIANA: Ya no hay ninguna esperanza.

DEOGRACIAS: (Me dan lástima; pero demos el último golpe). En fin, me parece que ya no queda más recurso que Bernardo; él es generoso, está enamorado, en sabiendo nuestra situación...

JULIA: ¡Ah, papá, nunca, nunca! Después del desaire hecho a Bernardo por el conde, sería para mí un verdugo su generosidad; he sido engañada, lo confieso; pero esta situación en que nos vemos deja una herida demasiado profunda en mi corazón, y harto haré en poder olvidar un amor neciamente puesto en un hombre indigno de ser querido, ni de querer.

DEOGRACIAS: Hija mía, ¿pero ese amor cuándo se formalizó? ¿De cuánto tiempo? O yo estoy loco.

JULIA: Papá mío, pocas horas han bastado; pero no haga usted mi tormento mayor recordándome mi ligereza.

DEOGRACIAS:¡Pobrecita! (Mas Bernardo viene; ¡en qué ocasión tan mala!).

(Entra BERNARDO en escena)

BERNARDO: Familia desgraciada, hermosa Julia...

JULIA: Aparte usted, aún tiene usted atrevimiento.

BERNARDO: Julia, ¿qué mudanza?...

JULIA: Tome usted, tome usted las pruebas de su cariño... (le da su carta y la cartera)

DEOGRACIAS: (Está loca; ¡pobre muchacha! le da a Bernardo la carta del conde).

BERNARDO: Julia, basta de ficción; esto no es mío.

JULIA: ¿No es de usted?

BERNARDO: Ni soy el conde del Verde Saúco, ni nunca lo he sido.

BIBIANA: ¿Qué dice?

JULIA: ¿Usted no?

BERNARDO: Efectivamente, el conde verdadero del Verde Saúco es el dueño de esta cartera.

JULIA: ¿Quién?

BERNARDO: El que se ha presentado a ustedes diciéndose Bernardo.

JULIA: ¡Papá! ¿Y usted quién?...

BERNARDO: Yo soy el único Bernardo...

JULIA: ¿Usted?

BIBIANA: ¿Usted? Hombre, ¿qué dices?

DEOGRACIAS: Sí, el señor; pero qué, ¿no lo sabías ya? ¿Pues no me dijiste, mujer, que sabías que Bernardo estaba aquí? Yo creí que habías descubierto que el señor era Bernardo, y no el conde, como suponíamos.

BIBIANA: ¡Jesús, Jesús! yo sueño.

BERNARDO: Señora, es cierto; y en pocas palabras le prometo aclarar el resto de duda que pueda quedarle. Bástele ahora saber que soy Bernardo Pujavante. En este momento me he visto con el conde, a quien yo había citado esta mañana; nos hemos franqueado uno a otro, y todo está corriente. Sólo, pues, resta, Julia mía, que usted me perdone este ligero engaño.

JULIA: ¿Por qué le ha usado usted conmigo?

BERNARDO: Me equivoqué; ahora conozco que no merecía usted esta ficción; pero vengo a enmendar mi yerro ofreciendo a usted con mi mano una remuneración en mis bienes del mal trato de la suerte.

BIBIANA: ¡Qué nobleza! ¡Y qué vergüenza para mí!

BERNARDO: Sólo apetezco que su mamá de usted...

BIBIANA: Venga usted a mis brazos, noble joven, aunque no soy digna de ellos; estoy corregida de mi manía.

JULIA: ¿Con que ya no tendrá usted desafíos, ni trampas, ni?...

BERNARDO: Jamás, Julia; el amor y la virtud en una honrada medianía nos harán felices, y el trabajo y la economía los indemnizará a ustedes...

DEOGRACIAS: No hay necesidad: ven a mis brazos, Bernardo, hijo mío; llegó el caso de descubrir el resto de mi plan: mi ruina es supuesta.

BIBIANA: ¿Qué dices?

JULIA: ¡Papá!

BERNARDO: ¡Supuesta!

DEOGRACIAS: Sí, hijos míos; quise aplicar este último correctivo a la locura de mi mujer; ha surtido efecto; y me doy por contento si conoce a lo que se expone el que trata de salirse de su esfera.

BIBIANA: ¡Ah! Esposo mío, perdona...

DEOGRACIAS: Harto recompensado estoy si puedo cimentar mi futura felicidad en tu escarmiento; desde hoy te volverás a llamar Bibiana, y, a pesar de la moda y del buen tono, mandaré yo en mi casa. Casaremos a nuestra hija y nos honraremos con el trabajo; que si algo hay vergonzoso en la vida, no es el ganar de comer, siendo útil a la sociedad, sino el no hacer gala cada uno de su profesión cuando es honrosa.

(Lentamente cae el telón)

FIN DE LA COMEDIA